村上春樹

Haruki Murakami

羅佳琦 / 著

出版緣起

　　二十世紀尤其是戰後，是西方思想界豐富多變的時期，標誌人類文明的進化發展，其對於我們應該具有相當程度的啓蒙作用；抓住當代西方思想的演變脈絡以及核心內容，應該是昂揚我們當代意識的重要工作。孟樊兄和浙江大學楊大春教授基於這樣的一種體認，決定企劃一套《當代大師系列》。

　　從一九八〇年代以來，台灣知識界相當努力地引介「近代」和「現代」的思想家，對於知識分子和一般民眾起了相當程度的啓蒙作用。

　　這套《當代大師系列》的企劃以及落實出版，承繼了先前知識界的努力基礎，希望能藉這一系列的入門性介紹書，再掀起知識啓蒙的熱潮。

　　孟樊兄與楊大春教授在一股知識熱忱的驅動下，花了不少時間，謹慎地挑選當代思想家，排列了出版的先後順序，並且很快獲得生智文化事業公司葉忠賢先生的支持，因而能夠順利出版此系列叢書。

本系列叢書的作者網羅有兩岸學者專家以及海內外華人，爲華人學界的合作樹立了典範。

此一系列書的企劃編輯原則如下：

1. 每本書字數大約在七、八萬字，對每位思想家的思想進行有系統、分章節的評介。字數的限定主要是因為這套書是介紹性質的書，而且為了讓讀者能方便攜帶閱讀，提升我們社會的閱讀氣氛水準。

2. 這套書名為《當代大師系列》，其中所謂「大師」是指開創一代學派或具有承先啟後歷史意涵的思想家，以及思想理論具有相當獨特性且自成一格者。對於這些思想家的理論思想介紹，除了要符合其內在邏輯機制之外，更要透過我們的文字語言，化解語言和思考模式的隔閡，為我們的意識結構注入新的因素。

3. 這套書之所以限定在「當代」重要的思想家，主要是從一九八〇年代以來，台灣知識界已對近現代的思想家，如韋伯、尼采和馬克思等先後都有專書討論。而在限定「當代」範疇的同時，我們基本上是先挑台灣未做過的或做得不是很完整的思想家，作為我們優先撰稿出版的對象。

另外，本系列書的企劃編輯群，除了包括上述的孟

樊教授、楊大春教授外，尚包括筆者本人、陳學明教授
和龍協濤教授以及曹順慶教授。其中孟樊教授為台灣大
學法學博士，向來對文化學術有相當熱忱的關懷，並且
具有非常豐富的文化出版經驗以及學術功力，著有《後
現代的政治認同》（揚智文化公司出版）、《當代台灣
新詩理論》（揚智文化公司出版）、《大法官會議研究》
等著作，現任教於國立台北教育大學台灣文學所；楊大
春教授是浙江杭州大學哲學博士，目前任教於浙江大學
哲學系，專長西方當代哲學，著有《解構理論》（揚智
文化公司出版）、《德希達》（生智文化公司出版）、
《後結構主義》（揚智文化公司出版）等書；筆者本人
目前任教於政治大學東亞所，著有《馬克思社會衝突
論》、《晚期馬克思主義》（揚智文化公司出版）、《中
國大陸學》（揚智文化公司出版）、《中共研究方法論》
（揚智文化公司出版）等書；陳學明是復旦大學哲學系
教授、中國國外馬克思主義研究會副會長，著有《現代
資本主義的命運》、《哈貝瑪斯「晚期資本主義論」述
評》、《性革命》（揚智文化公司出版）、《新左派》
（揚智文化公司出版）等書；龍協濤教授現任北大學報
編審，並任北大中文系教授，專長比較文學及接受美學
理論，著有《讀者反應理論》（揚智文化公司出版）等
書；曹順慶教授現為四川大學文學與新聞學院院長，專
長為比較文學及中西文論，曾為美國哈佛大學訪問學

人、南華大學及佛光人文社會學院文學所客座教授，著
有《中西比較詩學》等書。

　　這套書的問世最重要的還是因為獲得生智文化事
業公司總經理葉忠賢先生的支持，我們非常感謝他對思
想啓蒙工作所做出的貢獻。還望社會各界惠予批評指
正。

李英明
序於台北

序

　　樂符，就在村上的天地裏「舞、舞、舞」，彷彿只要
我們一抬頭、一冥想它們就在「黑夜」中閃爍著熹微的
亮光，好點綴那逐漸被吞噬的個體。那麼一切就從巴赫
（Bach）無伴奏大提琴的第一個音符開始吧，之所以堅
持此曲的原因並非如同《尋羊冒險記》所言，是沒來由
的「好得沒話說」，而是想要任性地在單純、沉靜中，
讓內心的一絲遺憾就那麼無止盡地發酵著……

　　每每看到頒獎台上，頭頂著至高無上的桂冠者，眼
中泛著喜不自勝的淚光，然後伸手從口袋裏掏出一大串
致謝的名單時，總是心想這樣的矯情大可休矣。如今「成
書」在即，才驚覺其中必定承載了許多人、事、時、地、
物的圓滿；所謂「得之於人者太多，出之於己者太少」
真是一點都沒錯。由是可見我是何等幸福之人啊，因此
若沒有一絲一毫的真誠、謙卑和感懷，如何能夠心安理
得。

　　因此自政博主任而下，我手中也有一份難以計數的感謝名單：孟樊老師平日提點的疲憊和勞煩；水福老師、嘉雯老師引領出幾多新的思考方向；家人背後無所怨尤的護持，尤其是閎閎在寒冷的除夕夜還幫忙打了滿滿的兩章；同事予以排課的便利和包容；秋如的範式，以預告了一切的可能性；麗惠、建宏的時相討論，使這一路走來並不孤單；303 孩子的乖巧、善良、懂事，好讓我對班務的擔心程度可以降到最低；阿芬總能在我最煩心時直聽那一簍又一簍的抱怨……

　　除了滿心的謝意之外，我進而確知的是：這「小書」終將宣告我生命裏的「特別」。因為有的是在蜿蜒山路的奔馳中，伴隨時序的遞嬗——春光晨曦下的杜鵑、夏浪風潮中的油桐、秋日午后的蜻蜓和冬季深夜裏的雲霧。只是總不能駐足下來，啜飲那片刻的時光，因為一切都在和時間賽跑，一切都在學生、老師、女兒角色轉換間翻攪。有的是關於那第一堂「電影與文學」之後，如何冒著能見度幾乎等於零的濃霧，硬生生懷著「笨膽」將車子開下山（回家之後可是一個字都不敢提）。或者是那一段與泡麵為伍的星期三夜晚，如何以蘭陽平原的萬家燈火和同學們苦中作樂的笑語為伴，才能「心平氣和」地倒數著課程直到終了。當中最令我感到窩心的是，老爸總會默不作聲地點盞燈等著這個晚歸的女兒，我則會在經過麥當勞時，帶塊炸雞和咖啡回家和他一起

分享，然後父女兩就在咖啡香中天南地北地亂聊一通，真沒想到都這把年紀還能這樣的撒嬌。而其中最複雜難耐的，則莫過於在趕著書寫之時（大年初一深夜），媽媽的身體狀況又再度亮起紅燈，於是就這麼在家裏和醫院之間來回奔波，然後也一面擔心老爸會不會因此而累垮了。就是這些烙印的過程，為其寫下了「特別」。

　　如今，因著孟樊老師熱心之故，讓這「特別」具體化了。所以當大提琴聲即將畫下休止符之際，我可以安然地收拾這一段段過往，一一將之擺放在記憶的匣子裏，以供生命拼湊出那份圓滿。嗯！圓圓滿滿了，那麼慶幸之感就絕非是百聲道謝可以涵蓋的了，所以滿懷謝意地回饋予天地吧！

羅佳琦

目　錄

第一章
緒　論

在台灣的學術殿堂中，對於村上春樹的小說仍難以用嚴肅、精緻的文學來界定，但無庸置疑地，「村上春樹」在文化流行圈是個響亮名號。因爲放眼整個出版界和閱讀圈，自從《挪威的森林》大賣之後，的確有一股「村上春樹熱」持續在社會上延燒。不論由村上春樹的作品被譯成多國語言、台灣的出版社爲其出書的狀況相當熱絡，以及在網路上引發熱烈討論這些面向上，都可以清楚地感受到。

在這些多面向的發酵中，「村上春樹」四個字頓時成爲「形容詞」，是直指一種特殊的格調和感受，甚至是一種時髦的浪漫情懷。故於梅子綠茶的廣告中，少女一邊慵懶地趴在地上，一邊啜飲著茶品，然後喃喃地訴說這樣的日子最適合閱讀村上春樹的小說；而房地產廣告打的也是「村上春樹」四個大字，似乎居住在其中自然能感受到什麼不一樣的氣氛。

那麼本書就直接進入他的小說世界來感受這股熱力吧！只是進入正題之前，先就「中譯」版本做一釐清，以求在引文上有其統一性。村上小說的中譯本在中、港、台三地最具代表性的譯者分別是：中國灕江出版社的林少華、香港博益出版公司的葉蕙和台灣時報出版公司的賴明珠。本書所使用的譯本是賴氏的版本，其原因如下：第一，就整體而言，這三個版本的譯文差異不大。以《挪威的森林》第二章中極經典的

一段比較之 [1]。他們三人的翻譯，大致都可以掌握到渡邊（「我」）在經過和直子周旋的歷程之後，所體會到的生死觀，即生、死並非是對立的，有生就有死，死就包含在生之中；另外他們也都一致呈現了這是一個細膩的思考過程，就這麼反覆盤據在「我」的心中。

第二，就細節方面看，葉氏的版本，文字雖然精簡但漏譯較多。即他將原文轉換成讀者易讀的譯文，但誤譯或漏譯卻無法補其缺失。尤其在專有名詞這個部分，因爲村上小說的一大特色是有大量的音樂、食物、小說名等，他並沒有細查，而以「雞尾酒」或「外國電影」等一筆帶過，大大減低了村上小說中的都市風味；至於林氏的版本中較大的問題在於「過於拘泥於母語的框架」，因爲他特別喜愛中文中特有的四字詞組，以及他對於情節和對話氣氛的掌握較弱；最後便是賴明珠的譯本。賴氏較注重形式的對等，所以直譯的情形相當明顯，造成其譯文比較不流暢，拗口的地方相當多，所幸這些結構性的長句並不會造成閱讀上的太大障礙。故若先撇開譯文的流暢程度，而以中翻日的精準度來論的話，賴明珠的譯本算是盡了「原文再現」的最大忠實程度，所以用翻譯的信、達、雅三要點來衡量，她大概做到了信、達兩項要求。

　　第三，則是考慮到文化差異的問題。由於村上是個喜愛西方音樂、爵士樂的作家，且大量將這些專有名詞安插在內容中，甚至引用了什麼樂曲會直接影響小說的氛圍，故在譯文中不能不重視這些商品名稱。然而這些譯者在翻譯時，會以他們所接觸的文化習慣來影響譯文。這三個人之中，林少華遇過一段外國流行樂無法進入中國的空白期，所以發生了不少誤譯或自創的情形，其實關於這個部分他自己也承認的確不夠嚴謹，應該有更嚴謹的作法[2]，在此他的翻譯習慣，和生長在台灣的我們有不小的差距，例如將 "Close to you" 譯為「穿過你」、 "Beach Boy" 譯為「比區」、 "Bossa novas" 譯為「伯薩諾巴舞」[3]。有鑑於此，本書便揀選和我們生長背景較相近的賴明珠的譯本作為討論的依據。

　　在確定中譯本後，於此章中就村上春樹的成長過程和創作觀做概括性的描述，以作為進入他小說世界的橋梁。

第一節　村上春樹小傳

　　村上春樹曾經自述：「在日本時，我只想自己獨處，離群索居，盡可能遠離社會、人群和各種束縛。

大學畢業後，我沒有到企業工作，完全靠獨自寫作過活，參與文學團體對我來說太痛苦，所以我一直都一個人寫小說……」[4] 這樣執拗的一個人在二十五年的寫作道路上，逐漸展現不一樣的生命情境，以下便按時間的發展分為五個小部分來介紹他。

一、成長背景

　　一九四九年一月十二日出生於關西、教職員家庭的村上春樹，並沒有像一般成名作家那樣充滿戲劇性的成長過程，他既沒有悲慘的身世或宿疾纏身的身軀，也沒有過人的專長和嗜好。唯一比較特別的是「獨子」的身分以及小時候曾經跌入河中，然後被沖到一個開口很寬的陰溝內的恐怖經驗；於此間接地促成他奉行執拗的個人主義。這在講究團體精神的日本社會中，村上竟從來沒有被任何一個團體吸納，這多少可以算是他個人所保有的獨特性。

二、少年的閱讀經歷

　　就一個作家而言，他的文學啟蒙應該會引起大家想要一探的興趣，就村上而言，「世界文學叢書」、「美國平裝小說」以及《足本世界史》等書對他起了

決定性的影響。「世界文學叢書」使得村上在青少年
時期便沉浸在斯湯達爾（Stendhal）、托爾斯泰
（Tolstoy）和杜思妥也夫斯基（Dostoyevsky）的世界
中，相對的也使他遠離了日本文學。因此在其成長的
記憶中，他從來不曾被日本小說感動過。

在高中時期，他讓羅斯·麥唐諾（Ross
MacDonald）、馬克班（Ed Mcbain）和錢德勒
（Raymond Chandler）、卡波提（Truman Capote）、
費茲傑羅（F. Scott Fitzgerald）、馮內果（Kurt
Vonnegut）等作家成為他生命中的好友。這樣的接觸
經驗，使他在重考大學那一年，以翻譯一段又一段的
美國驚悚小說作為苦悶生活的點綴，也令他找到屬於
自己的文學興趣。

至於《足本世界史》這一套大書，啟發了他對於
歷史的興致。讀者不難在他的小說中輕易地畫出一條
時間的軌跡，以及看出他極力挖掘某一個歷史事件，
然後多次將這個事件安插在自己的小說中，例如諾漢
門事件。也可以看出他想從中找尋日本和中國之間的
糾葛，以及日本在這些教訓之後究竟做了什麼反思。

三、求學階段

中學時期的他不僅將美國小說融入生活裏，連同

美國音樂也是，從最初的搖滾樂到後來的爵士樂，從貓王（Elvis Presley）、瑞克‧尼爾森（Rick Nelson）和海灘少年（Beach Boy）等，都成為他生活的背景音樂和友伴，而這些也在日後成為其作品的重要元素之一。

　　村上歷經了一年的重考生活，終於順利地進入早稻田的文學部就讀，在這幾年的大學生活中，有幾件富含決定性的事件。首先是對課程不大感興趣的他，倒是非常喜歡看電影，他將大量的時間花在戲劇博物館中閱讀大量的電影劇本，然後想像靠寫作維生應該是不錯的生活方式。

　　其次他結識了陽子，並在大學未畢業之前便和陽子結婚，在這期間恰巧碰上國際性的反戰浪潮，這樣的思潮也一樣如火如荼地在日本蔓延開來，早稻田大學當然不能免俗地發起罷課運動。這位和團體搭不上線的村上，究竟如何應對呢？他並沒有因此向團體妥協，故雖然也向警察丟擲石塊，但他卻仍想和這一切保持距離。於是在既不參加團體，也沒有課可以上的情況下，他乾脆就看大量的電影吧。而當事件落幕、校方宣告獲勝的同時，那些發起運動的學生也都失去了蹤跡。面對這樣的結果，他的內心起了不小的漣漪，那所謂的激動和理想都在瞬息之間被瓦解了，留下的只有那乏味和失落的可怕感覺。而這樣的失落感

和貧乏寂寥就充斥在他的作品中。

四、寫作之路

在大學畢業前他就和陽子結婚了，結婚之後，村上意識到他必須開始過獨立的生活。只是他既不想走進公司裏去擔任一個辦事員，又想從事和爵士樂有關的工作，於是在他和太太的努力下，於東京西郊的分國寺開了一間名為「彼得貓」（Peter Cat）的爵士樂酒吧，這一個位於地下室、沒有窗戶的空間，對他而言意義重大，這裏白天是咖啡館，夜晚是酒吧，在昏暗的燈光下，村上一面放著爵士樂，一邊工作，一邊讀書。他覺得自己若是從未有過這樣在酒吧工作的經驗，他不可能成為小說家，因為在這裏讓他有時間接觸人群、思考和閱讀，好讓身體勞動轉換成精神流動。

在看了一九七八年四月的一場養樂多對廣島的職棒賽後，他興起了寫作的意念，於是開始一邊工作，一邊寫作，而這第一部的作品為他贏得了次年的《群像》新人獎，這為他開啓了接連而下的寫作之路。之後村上為了可以專心寫作，他和陽子賣掉了生意不錯的「彼得貓」，以便成為真正的寫作者。不過他的專職寫作生涯也相當另類，因為他沒有因此錯置白天和

黑夜的時間，而是過著極爲規律的生活，然後以慢跑
和游泳來鍛鍊自己的精神和體魄。直至今日（二○○
五年）他的寫作生命從未結束。

　　他能夠站立在文壇二十五年而沒有消失，應該是
取決於讀者們的態度，他們追隨「僕」的腳步猶如追
隨村上春樹本人的腳步，因爲「僕」的飲食習慣、興
趣、生活形態、生命情調甚至是小說情節中所安排的
事件，都和村上本人有很強的重疊性，致使讀者將
「僕」當作是親密的至交，是可以安心對他發發牢騷
的。

五、出國與回鄉

　　文學應該是人們逃離現實極佳的媒介和手段，但
對村上而言，光是寫作還沒有辦法真正將自己和現實
隔開，因爲成名之後各種邀約不斷，想要像往常一樣
自絕於外相當困難，於是他乾脆選擇逃離日本。其實
在他的記憶中，自創作之初，腦子裏想到的都是怎樣
逃離日本的環境，希望可以離日本的詛咒遠一點。因
此在盛名之累下，他和陽子選擇離開日本，陸續前往
義大利、希臘、土耳其等地中海國家以及到他最熟悉
的美國一住，居住在美國的期間，他曾擔任普林斯頓
大學的客座研究員和客座教授。在這段日子裏，他陸

續完成了《發條鳥年代記》三部曲的長篇大作，由於
他遠離了日本，和母國有了距離，因此可以用全新的
角度來看待自己的國家和歷史，此時回日本的時機已
漸趨成熟。

尤其當兩件災難——阪神大地震和東京地鐵的沙
林毒氣事件——的消息傳到他耳裏之後，他意識到事
件發生的前、後已劇烈改變了日本人的觀感，而深植
於人們心裏的這兩件大事，也已成為人們生活中的兩
座里程碑。這正足以召喚他回鄉來參與自己國家的事
務，於是他便走入日本社會中回應這兩件災難。

對於「阪神大地震」，他創作了與地震相關的短
篇小說——《神的孩子都在跳舞》，這五篇故事主角
的共通性在於：他們都離災區很遠，所以他們都是從
電視或報紙看到相關報導，這樣巨大的災變並非他們
的親身經歷，但大地震所帶來的震撼，都成了每個人
生命中的轉捩點，因為迫使他們必須正視生命中的缺
失。其次他和陽子剛回國時，更實際地走入人群中，
他在地震發生的災區發表兩次公開的朗讀，為幾家受
難的圖書館募款。對於「沙林毒氣事件」，他走訪了
受害者和加害者，將他和他們之間的訪談一一記錄下
來，完成了兩部報導文學，分別是《地下鐵事件》和
《約束的場所》。

從中他極度想要釐清關於暴力性的問題，就像第

二次世界大戰時，日本對其他國家所做的侵略行為一樣，於此他不僅有了想要瞭解日本的動力，更讓小說的出口迎向光明面。因此小說的結尾不再只是沉沉睡去，而是富有更溫暖的安慰力量。因此，《海邊的卡夫卡》中的田村卡夫卡從幻境回到了實境，好延續著眾人的企盼；《黑夜之後》裏不僅為瑪麗的情感發展留下了伏筆，也在小說的最後迎接黎明的到來。這體認出來的責任，就是他想要在未來開展的方向。

第二節　村上春樹的創作觀

　　關於村上春樹走上創作之路具有「村上味」的開端，和他這二十多年來的創作歷程，已為大家所熟知，故於此不再贅述。倒是他於一九九〇年十二月五日寫下了回顧自己十年來的寫作之路，以及陸續表述十位對他最有影響的美國作家和訪談內容 [5]，自然地顯露出他自己對「寫作這一回事」的看法。這些創作觀直接影響到小說的寫成，故有必要在此做一個歸納整理。

　　首先，他認為人生基本上是孤獨的，所以創作的本質是通過孤獨來釋放靈魂。人總是進入「一個人」的世界，所以在寫小說的過程中，應該可以檢視「怎

樣看待孤獨」、「怎樣處理溝通和孤獨之間的關
係」，而透過寫作便能夠體認孤獨的內涵、本質，然
後通過孤獨這個頻道與他人溝通。他以如此的內省方
式來看待寫作這一個活動，故實踐在具體的工作和寫
作上，他拒絕進入日本的社會體系內。

> 我自己從畢業後就一直沒有進入任何公司體系，
> 在日本要像這樣過生活是很不容易的，我一直是
> 個化外之民，不過我很喜歡這種生活。
> 日本的作家通常是自成社群的，但我不喜歡精英
> 主義，我喜歡恐怖片和偵探小說，但我不寫這類
> 型的小說，我只借用其架構。我喜歡在恐怖片偵
> 探小說的架構上加入我的內容，這是我的方式、
> 我的風格。但娛樂作者和嚴肅文學的作者都不喜
> 歡我，我就像在夾縫中一樣，這也是我想逃離日
> 本的原因。[6]

其次，是分解出意識有內外之別，他將之具體呈
現在二元對立上。就生活而言是同時生活在兩個世
界，「外面世界」和「裏面世界」，即分為「意識
外」和「意識內」，人於是在這兩個世界進進出出，
進出的同時則欲從中取得平衡[7]。他嘗試和外面的世界
保持距離，以增加裏面世界的穩定性，例如面對一九
六〇年代如火如荼展開的「全共鬥」時[8]，他可以自絕

於外而不涉入。因此冷靜面對那樣熱烈的氣氛，甚至
予以批評：「到了九月，我抱著大學已經幾乎化爲廢
墟的期待去看看時，大學竟然還完全無傷地在那裏。
圖書館裏的書既沒被掠奪，教授室沒被破壞掉，學生
上課的建築物也沒被燒毀。那些傢伙到底在搞什麼
嘛！我愕然地想道。」[9]另外他在面對「作家」這個身
分時，也有顯著的「二分、對立」。當他以「業餘愛
好者」的身分進入寫作領域之後，便進一步思索專注
寫作的專業層面上。他認爲創作的必要條件是受苦，
可區分爲肉體上的苦和精神上的苦，他認爲人的精神
基本上已經是不健全的，故體認出來之後便可以先擺
放在一旁，而轉向注意肉體上的。所以爲了能夠專注
在寫作上，他必須要擁有強健的體魄、過著極規律的
生活，例如：馬拉松慢跑、游泳、戒菸等，而要維持
這樣規律的生活，便是件不輕鬆的苦差事。不過可以
從這些活動過程中思考許多事情、吸收各類經驗。

　　凡此種種呈現在具體的創作上，則是既寫實又形
上的。因此一方面他看待自己是個相當實際的人，但
另一方面他又喜歡用怪誕的故事來傳述想法。故整個
創發的過程既是「消解自己內在的沉澱」，又必須兼
具「身爲一個作家該有的責任」。總之，他將相反的
感情擠壓在一起，解析出外在和裏面的世界，分解出
個體中意識上和意識下不同的精神層面，從裏到外都

是這樣「兩個世界」的對應。

其三，則著重小說的意義。由上可知他以「嚴肅」的態度來看待創作過程和作家這個身分，因此縱然一般人認為他的小說結構較為鬆散，然而這樣鬆散的結構是他刻意設計出來的承載形式，與內容有無嚴肅的課題無關。反而在這樣的形式下，有他極想要表達的意義，是一種關於內在層面的意義。當他談到《1973 年的彈珠玩具》時曾說：「自己編織出故事來，不可說是什麼力量，但我知道其中有一種傾向在內。」在閱讀村上龍的作品時，則是看中其內「有股力量」在；在面對中上健次的《枯木灘》便以為是「有力量」的小說 [10]。而這些有意義的精神內涵，在他看起來是「重」的，這也是他創作的重點之一。其實他本人就極擅長以「輕」來表現「重」，以塑造出屬於「村上春樹式」的氛圍；例如在《尋羊冒險記》中，村上春樹將三島由紀夫衝入市谷自衛隊駐屯地的事件，當作興趣以外的事，卻任憑對女孩子的欲望蠢動著 [11]。即他將社會性事件的「重」投出在讀者眼前，並故意加以忽視，卻去描寫想要女孩子的「我」這般「輕」的意義。而所謂「有意義」、「重的東西」、「有股力量」等，指的是什麼呢？是一種「人本」式的，所以在創作的過程中，一來是對「人」有絕對的興趣，再來便是以身為人的內心來反覆思辨關

乎追尋和目標的課題，因此在他的小說中總以「追求
什麼」爲中心，且小說的架構、題材就潛藏在他自己
的心裏面。

最後便是對於形式、技巧的注重。既然重視形
式、技巧，所以他非要自我鍛鍊不可。縱觀他的創作
過程，在寫長篇之前，常以短篇的形式作爲原型[12]；
而在兩、三年才有長篇大作之間，也力筆不輟地在短
篇小說、隨筆、散文上多加耕耘，因爲他認爲：「短
篇是邁向長篇的階梯，是用來練習文體和技巧的。」[13]
另外在這些訪談中，可以觀察到他特別注重的是「文
體」和「語言」。以「文體」而言，他最初是以「寫
實」來思考的，但他自己無法接受，覺得沒有趣味，
所以一直到寫作《挪威的森林》之前，他都使用非寫
實的文體來創作。後來爲了證明他也能寫出「寫實」
的作品，於是寫下了《挪威的森林》，在這個寫作過
程間，他對「寫實風格」有著自己的詮釋：它必須是
「很自然」地活動發展出來。

> 寫實風格的文章裏應很自然地活動發展出來。現
> 在常見的文藝雜誌，大概一般寫實小說全都沒有
> 動力，死寂地停下來。寫實風格就是把全部可以
> 著色的地方一併扔掉掃去。引入自然的空氣，這
> 樣才是寫實風格的小說。那才有時代的空氣。[14]

　　總之，並非擁有真實的時、地、人、事……等就等於寫實作品。也許是對寫實的深刻體認，因此在完成此作之後，就回到自己本來的世界去，即他認爲有屬於自己的文體，是異於「寫實」，是「我擁有時代的空氣，自己的體力及狀態，然後令兩者保持平衡，構成自己的文體」。接著他辨析出「語言」的重要性，甚至認爲「練好語言，小說也就會出來」。所以他會精細地選擇適當的語言；例如《挪威的森林》雖然以過去的舞台（一九六〇年代）爲背景，但他所使用的語言是現代的，因爲寫出真正好作品的日本語已經不存在，已被外來文化侵蝕了，若想用這種被侵蝕了的語言來描述傳統小說的框架情節結構，是辦不到的，因此選用現代語言來展現屬於自己的架構。

　　就在這些創作觀下，他建構了獨特的語言風格，也探討了人世樣貌和人的本質，而這一切都透過他的小說文本一覽無遺地呈現出來。

註 釋

1 主角「我」剛經歷過好友的死亡，來到東京住進宿舍，決定要忘掉過去，開始新生活。

2 「由於作品中西方音樂曲名、作家曲名、鋼琴家名以及作家名有時竟接踵而來，其中大部分得以確認，但也有一小部分始終懸而未決而姑妄以音譯之。這是譯者至為狼狽的苦衷，也是愧對原著和讀者之處。」見林少華譯後記，收錄在村上春樹著，林少華譯，《挪威的森林》，台北：可筑書房，1992，頁 412。

3 Bossa novas 是來自巴西帶有拉丁風味的音樂，並非一種舞蹈。

4 見傑・魯賓（Jay Rubin）著，周月英譯，〈僕的誕生〉，《印科文學生活雜誌》，創刊第 8 號（2004 年 4 月），頁 50。

5 村上春樹著，湯禎兆譯，〈村上春樹與美國作家上篇〉，網址：www.geocities.com。2003.5.20 瀏覽。

6 見〈The Outsider——The Salon Interview Haruki Murakami〉，網址：www.geocities.com。2003.10.20 瀏覽。

7 例如《聽風的歌》一書中的兩條線是：一為生活在東京的「我」；另一則是以小鎮為生活背景的「老鼠」。

8 「全共鬥」為「全學共鬥會議」的簡稱，簡單說來為一九六八年左右的日本大學紛爭，由新左翼諸黨派和無黨派學生在不同大學策劃，以別於既成的學生自治組織所進行的學生運動。

9 見村上春樹著，賴明珠譯，《挪威的森林》，台北：時報，1997，頁 65。

10 參閱村上春樹著，湯禎兆譯，〈這個十年〉，網址：www.geocities.com。2003.10.20 瀏覽。

11 村上春樹著，賴明珠譯，《尋羊冒險記》，台北：時報，1997，頁 17-18。

12 例如：銷售量最大的《挪威的森林》，其原型便是〈螢〉。《世界末日與冷酷異境》的原型便是〈街及那不確定的牆

　壁〉。

13　村上春樹著，湯禎兆譯，〈這個十年〉，前揭文。

14　同前註。

第二章
意象與寓意

　　創作者以文字來表情達意，讀者也透過文字來理解內容，而文字本身是兼具視覺、概念和聲音意象的符號，其先後次序的關係性便成為決定意義的基礎。故讀者和作者之間有賴意象的連結。「意象」指的是作者的意識與外界的物象交會，經過觀察審思與美的釀造，成為有意境的景象，即內在的意與外在的象相互關聯，然後用文字表現出來。

　　村上春樹是一個善於利用意象組成特殊風格，從而利用意象來表達其思想的小說家；所以意象在其小說中占有極重要的地位，而這種強烈且明顯的觀感，是建構在 Dejavu 的作用下。Dejavu 是心理學和精神病症上的專有名詞，指的是「記憶幻覺」和「似曾相識症」，這兩者都與人的認知過程有關。人對於某樣事物會有知覺，乃是對於曾經感知過的事物再度感知的時候會覺得熟悉，知道它是從前感知過的，於是便擴充成一種「看到應屬陌生的人、物、景，卻覺得熟悉，彷彿以前見過」的效果。

　　村上和松村映三合作的《邊境‧近境》一書，正是運用 Dejavu 的似曾相識的記憶來記錄，希望引起讀者內心的共鳴：「我們的攝影集不是紀錄而是記憶。」「邊境之旅……不是探索新知，而是在找埋藏於深處的記憶。」另外他在《1973 年的彈珠玩具》中，透過「我」對於 Dejavu 做了這樣的表述：

我打了一個很長的呵欠之後，就在車站的長椅上
坐下來，不耐煩地點起一根菸。清晨從公寓出來
時，那種新鮮的情緒，現在已經完全消失；覺得
任何事情都只不過是一再反覆地重現罷了。無止
境的既視現象（dejavu：雖然第一次看見卻覺得
以前曾見過似的一種記憶障礙現象）每重現一次
只有更惡化。[1]

總之，生活中不斷「重複」的事件會成為你記憶
的一部分，然後你就帶著這個記憶過生活和觀看事
物。最後在吉田春生《村上春樹、轉換》一書的序文
中，便提到村上值得注意的第一個特色便是「既視
感」[2]：

閱讀村上春樹的小說時，時常感到「既視感」。
煮義大利麵、用熨斗、喝咖啡、穿 T 恤和穿短褲
──這些並不是作家日常的生活模式，而是作家
把非某處見到、讀到的經驗而得來──屢次留下
這樣的感受。[3]

村上就是用這樣「似曾相識」的記憶，表現在三大要
項上，來強化他的意象表現，甚至令人覺得是村上個
人獨有的。而正因為這樣的熟悉感，所以從中塑造出
來的寓意對讀者而言也是熟悉的。從文本中可以找出

他分別使用了比喻手法所塑造而出的圖像、村上慣用的關鍵事物以及引用既成文本這三個項目。以下便以三節分述之。

第一節　比喻的圖像

　　村上曾強調語言、文體在創作中的重要性：「最重要的是語言，有語言自然有故事。再有故事而無語言，也無從談起，所以文體就是一切。」[4] 當他發表第一部作品時，群像新人賞評審委員之一的吉行淳之介也注意到他對語言的用心，而做了這樣的評述：「……每一行都無外洩的情感，但讀上幾行便覺妙不可言。」[5] 如此的印象造就了所謂「村上風」的文字效果，他本人對此也是樂此不疲，甚至成為他在長篇寫作之餘的文字遊戲。就像收錄在《夜之蜘蛛猴》中的極短篇乃是他分別為 JPRESS 西裝和派克鋼筆所寫的廣告文案。這一系列廣告是應委託者絲井重里的要求下：「嘿，你隨便寫一點短文嘛，只要你寫得高興，什麼都可以。」你可以從中閱讀到這樣的內容：

　　〈鰻魚〉：笠原 May 打電話到我家來時是凌晨三點半，當時不用說我正熟睡中。我正蒙頭鑽在天

鵝絨般軟綿綿、暖烘烘的睡眠之泥中，和鰻魚
啦、長統靴啦鑽在一起，正在貪食著即便是湊合
的卻也還算有效的幸福果實。就在這時電話打來
了。鈴鈴、鈴鈴……[6]

在這樣的文案中，看不到任何與商品定位有關的內
容，只能想像商品就像意識形態一樣飄到哪裏算到哪
裏；然而如此沒有意義的短文，卻更能凸顯村上文字
特有的格調和節奏；另外，也可以從這些文字中清楚
看到一幕幕生動的畫面。這些調性和畫面的顯現要歸
功於文本中俯拾即是的「比喻」，因此藉由比喻所營
造出來的圖像，便成爲進入其小說世界最直接的第一
步。

當然比喻在文學創作中算是極常見的手法，似乎
沒有什麼獨特之處，然而觀察對比喻如何掌握正是檢
驗一位作家功力之所在，因爲在呈現比喻的修辭時，
想像是很重要的心理基礎。即視比喻爲作家創發性的
源頭，是檢驗作家才情的石蕊試紙，從種種不同形式
的比喻中，正可以一窺作者凝視物象的穿透力，以及
「化不相干爲相干」的想像力，然後令聯翩豐沛的浮
想形成言之有味的發揮。就像亞里斯多德（Aristotle）
《詩論》中所說：「但最重要的莫過於恰當使用隱喻
字。這是一件匠心獨運的事，同時也是天才的標幟。

因爲善於駕馭隱喻，意味著能直觀洞察事物之間的相似性。」[7] 尤其在這麼普遍的方式中，還能夠脫穎而出，便自有其絕妙之處；甚至創造出屬於個人獨特的風格，成爲該作家的獨特標記，例如余光中、簡媜等都是箇中翹楚。

作者在用喻設擬和意象的選取上，都得依靠非凡的想像力和創造力。然而，我們要從何評斷一位創作者是不是臻至高超的創作境界呢？從譬喻的原則和作用可知，「比喻」要求創作者運用想像、聯想，選用適切的喻依來描繪喻體，使喻體顯現具體的樣貌，而在類比的過程中，則可訴諸美感經驗。總之，在憑藉人們情感的共通性外，並以巧妙譬喻寫出心境的變化，完成一個新奇而絕妙的意象系統。比喻之基本要求及作用既如上所述，底下便進一步細究村上小說中關於此法的運用，是否有其獨到之處，喻體和喻依之間的關聯是否妥貼、生動和獨特，進而將自己欲傳達的意念順利地傳達到讀者的心中。

村上在《聽風的歌》中曾假借一位作家之言說：「所謂完美的文章並不存在，就像完美的絕望不存在一樣。」[8] 表示欲運用語言文字來傳遞感受，其實是困難的，愈想要說實話，那正確的語言就愈沉到黑暗深處。因此，借重意象的捕捉概可以補語言表述的不足。從其小說中可以歸納出他大體將此法運用在景物

的描繪、狀況的呈現和人物的刻畫。

一、景物的描繪

　　《挪威的森林》中的「我」，因為機場響起披頭四的〈挪威的森林〉，而憶起心中完美對象（直子）到頭來都沒有愛過他，「我」正在傷感時，在腦中泛起的「風景」是：

> 在連續下了幾天輕柔的雨之間，夏天裏所堆積的灰塵已經被完全沖洗乾淨的山林表面，正閃爍著鮮明湛深的碧綠，十月的風到處搖曳著芒草的穗花，細長的雲緊緊貼在像要凝凍了似的藍色天頂。天好高，一直凝視著時，好像眼睛都會痛起來的地方。風吹過草原，輕輕拂動她的頭髮再穿越雜木林而去。樹梢的葉子發出沙啦沙啦的聲音，遠方傳來狗吠的聲音。簡直像從別的世界的入口傳來似的，微小而模糊的叫聲。除此之外沒有任何聲音。任何聲音都沒傳進我們耳裏；迎面沒有看到任何人……[9]

風景是歷歷在目，但人卻消失了，所以天空是凝止不動的，令人屏息以待；待之而出的聲波只有狗吠聲，惟此聲毫無親密感。而另一個世界，當然是未知，所以無從掌握起，那麼微小而模糊，何嘗不是一種悲

鳴，這樣比喻而出的風景，令我們體會出「我」面對
直子時的深沉和無奈。

　　另外，當他描述到「我」和突擊隊（大學時代的
室友）的房間，相較於其他男生的雜亂，他們的房間
是：「和那比起來，我的房間則像屍體放置所一般清
潔。」[10] 於此「屍體放置所」的喻依予人死氣沉沉、與
世隔絕之感，而這正映襯了「我」和「突擊隊」這兩
人在《挪威的森林》一書中的形象，他們就是那種孤
立於同學、友伴之外的人。而且如此沒有「希望」的
用詞，更凸顯他們所面臨的問題根本都無從解決的情
況。

　　在《1973 年的彈珠玩具》中，則可以看到這樣的
描繪：「鐵路沿著丘陵，簡直像比著尺畫出來的一樣，
一直線延伸出去。遙遠的前方暗綠色的雜木林，就像
揉成一團團紙屑的形狀一樣看來好小。」「杜鵑的啼
聲，一勁穿透柔和的光，消失在遙遠的天際線上。丘
陵起伏了好幾層，連成一列像睡著了的巨大的貓一
樣，在時光的日照下蹲踞著。」[11] 這是主人翁「我」靜
觀的景色，透過這樣具象的比擬，讀者隨著「我」的
視角，也在心中畫出一幅圖畫，而大自然的巨大，在
他的筆下，只是日常生活中毫不起眼的紙團或貓，頓
時將心量減到最低，以一種謙卑和藐小的態度去貼
近，那麼一切都是如此平凡而自然的，故對它自有一

種親密感，當然這也是一種悖論，與人疏離，和環境
卻是緊密的。

二、狀況的呈現

　　於《挪威的森林》中，渡邊收到玲子的來信，說
到直子的精神狀態每況愈下時，他眼見開滿櫻花的庭
院時泛起的想法是：「在春天黑暗中的櫻花，在我看來
就像皮膚破裂而濺出來的爛肉一樣。庭園裏充滿了那
麼多肉和沉重而帶甜味的腐臭。於是我想起直子的肉
體。直子美麗的肉體躺在黑暗中，從那肌膚冒出無數
植物的芽，那綠色小芽被不知從哪裏吹來的風吹得輕
輕顫動著。」[12]此處的譬喻極為貼切、明白。盛開的櫻
花及春天就是直子既年輕又美麗的身體，而由皮膚破
裂而濺出的爛肉和黑夜，就是直子歪斜不正的精神狀
況；而且由於喻體和喻依呈現強烈的對比、衝突，於
是更凸顯出年輕生命的悲哀和無力。

　　另外在《聽風的歌》中村上寫下了這樣的開卷
辭：「很久沒有感覺到夏天的香氣了。海潮的香、遠
處的汽笛、女孩子肌膚的觸覺，潤絲精的檸檬香、黃
昏的風、淡淡的希望、夏天的夢……但是這些簡直就
像沒對準的描圖紙一樣，一切的一切都跟回不來的過
去，一點一點地錯開。」[13]相同的一段話在「我」和女

朋友對話時也出現過,當時女朋友表現出心情煩悶,
令「我」在腦中掠過這樣的思緒。所謂「夏天的香
氣」、「女孩肌膚的觸覺」等,都泛指生命中美好的
事物和感受,只是所謂生命之美卻是虛幻無常的,就
像「沒對準的描圖紙」一樣。以「描圖紙」來畫圖是
大家共有的繪畫經驗,若是透過描圖紙來畫畫頂多是
一種模仿,是沒有自主性的;但更弔詭的是,在模仿
之餘,所遺留下的痕跡卻又是明顯的「誤差」,那種
錯誤、不準已造成,即使想塗抹都辦不到。其實二十
歲的輕狂又何嘗不是如此,總是在他人的經驗中不斷
摸索,不斷重蹈覆轍,不知那個自主的我究竟何在,
就算逐漸知悉方向和標的,但那錯誤的痕跡早已阻擋
在眼前了。

　　而這樣的開卷辭已將「我」的深層意識做出明確
的告知。因為在情節的進展中可以見到「我」面對
「街」的矛盾——「……街上住著各種人。我在十八
年之間,確實在那裏學到很多東西,街在我心裏牢牢
地扎根,回憶中的一切幾乎都跟這裏結合在一起。可
是上大學的那個春天,離開這條街的時候,我從內心
深處覺得鬆了一口氣。」[14] 究竟該用什麼樣的情感來面
對自己成長的地方呢?

　　於同本書中,村上為了說明「人類存在的理由」
和「我確實存在」,而嘗試運用「數字」來比況。世

間的一切，我切切實實能夠掌握的是：「一上電車就
先開始算乘客的人數，算階梯的級數，只要一閒下來
就數脈搏。根據當時的紀錄，一九六九年八月十五日
到次年四月三日爲止的期間內，我一共上三百五十八
節課，做愛五十四次，抽了六千九百二十一根香
菸」、「就這樣，當我知道她死的時候，抽了第六千
九百二十二根香菸。」[15] 然這一切除了是數字外，又如
何？當你明瞭除了數據以外根本不存在任何意義，也
沒有人在乎時，內心的喪失感就更強烈了。除了在上
述細究的例子外，如此特別又具體的比喻內容還不少
[16]。

三、人物的刻畫

　　無論是人物的形貌或心情，都因爲透過比喻的想
像，使我們得以更近距離地觀看這些角色。首先來看
關於人物心境的刻畫，像《挪威的森林》中的玲子
姊，當在四國鄉下是望族的先生，願意不顧家族的反
對而接納有兩次住院經歷的她時，她曾經這麼訴說如
是的「信賴感」：「把螺絲重新轉緊，把線球的結解
開——只要有這信賴感，我們的病就不會復發喔。只
要有這種信賴感存在，那砰！就不會發生喔。真高
興。人生真是多麼美好啊，我想。簡直像從海裏被拉

起來，用毛毯包起來，被放在床上躺著那樣的感覺嘛。」[17] 這是一種從絕望的深淵中被救起的喜悅，在這樣的比喻下顯得更深刻、更能撼動人心。

還有女主角之一的直子，她所處的歪斜狀態，也透過村上的比喻之筆活靈活現地令讀者感受著。直子和渡邊最常約會的方式是漫無目的地走著；此時的直子正處於失神的狀態，所以兩人之間的言語狀態是封閉的：

> 但直子的話沒有繼續很長。一留神時，直子的話已經結束。話的結尾法，好像是被扯斷了似地浮在空中。
> 直子嘴唇依然微微張開著，恍惚地望著我的眼睛。她看來就像正在運作中的機器電源被拔掉了似的，眼睛簡直就像被不透明的薄膜覆蓋著似的模糊不清。[18]

此間一種缺乏自主精神的形貌相當明顯。同書的另一個女主角（綠），曾經傳述世間最悲哀的情狀莫過於「穿著不乾的胸罩」[19]，如此的喻依雖然粗鄙，然而眼見「不乾的胸罩」的字眼，似乎那濕冷也直接穿透我們的肌膚而滲入到骨子裏了，想甩都甩不掉地緊貼著你。

其次，他在人物形貌上的描述也頗為獨到。

《1973 年的彈珠玩具》中就有幾例：「直子，搖搖頭
獨自笑著。像那些成績單上整排全是 A 的女孩子經常
有的那種笑法。而那笑容奇妙地在我心裏好久一段時
間。簡直像出現在『愛麗絲夢遊仙境』裏的歇縣貓似
的，在她消失之後，那笑容依然還殘留著。」[20] 於此發
揮了極大的聯想力，所謂「成績單上整排全是 A 的女
孩子」和「歇縣貓」的笑容，並沒有固定的樣貌，其
中包含了許多的不確定感，留待讀者自行描繪，而在
建構想像的同時，那成績異常優異而獨來獨往且被拒
於團體之外的身影會自然呈現，故而笑容有些許無
奈，無奈於好成績是進入團體生活的障礙物，這細微
而深刻的心境就這麼深烙在「我」的腦海裏，就像歇
縣貓一樣，縱然形體消失了，但那揶揄的咧嘴而笑仍
一直掛在樹上久久未能退去。

　　由上一路論述而下，不難感受到村上對於比喻的
掌握，頗符合黃慶萱等人所說的各項原則，在喻體和
喻依的聯絡上可以兼顧熟悉和新穎的效果；而聯想性
和意蘊也頗有深度，當然亦可以達到「幫助解說」、
「形容美化」、「暗示作用」的效果。然而除了符合
比喻的基本條件外，進一步地村上亦有其獨到之處，
因為喻依的選取除了妥貼、生動之外，更顯得獨特，
他將基本上不太相干的東西連接起來：「乾淨和太平
間」、「喜歡和奶油」、「無可言喻的心情和描圖

紙」……等。這些喻依都不是以讀者經驗的想像爲依
託，而是依賴語句本身的想像所喚起的，因此可以令
讀者馳騁他們的想像力；就是在這些語句間創造聯
想、想像，描繪出別具風格的圖像；就像楊照所言，
雖然無法肯定村上小說的內容意涵，但其筆下卻是
「氣氛十足」，即借重這些喻象使文字多了一些顏
色、一些氣氛、一些動態與心理感動。而喻象便會像
種子一樣，它可以長大，它會一路擴展成長，一級級
上去，發揮出文學語言中一種特殊的強大融攝力。因
此村上筆下的比喻圖像在這些連結想像中自有其風
味，其間圖像總帶有那麼一點苦澀、悲涼、孤單、無
奈……就是這麼直陳心境和感受所以抒情意味頗濃，
就像丸谷才一評述其作品時所言的：「這種以日式抒
情寫成的美國風味小說，不久很可能成爲這個作家的
獨創。」「（村上）睿智而又洗鍊的獨特筆調含有一
種不安、憂傷、淒慘和溫情，村上給我們的文學以新
的夢境。」[21]

第二節　重複使用的素材

　　縱觀他的小說的確可以覺知，他是以同樣的素材
做多次利用的作家。就大層面而言，有幾部長篇是由

原有的短篇延伸而來 [22]，因此在閱讀長篇小說時，便有這些短篇小說的既視感在其中；就細節而言，許多人物間也有相互摻雜的現象，例如短篇的〈加納克里特〉所描述的這個角色，就是《發條鳥年代記》中的重要角色，就是那個在從事「聽水」工作的加納馬爾他及加納克里特姊妹。而其中最有趣的莫過於 May 這個人物的姓名，分別出現在〈雙胞胎與沉默的大陸〉、《發條鳥年代記——第一部鵲賊篇》及《舞、舞、舞》中。除此之外，不同姓名的兩人也可能被塑造成相似的生命情境，例如《挪威的森林》中的直子和《發條鳥年代記》中的久美子。或者以相類似的工作作為不同人物間的既視感，例如，《發條鳥年代記》中的岡田亨曾在除草公司當兼職，這自然令人聯想到〈下午的最後草坪〉的主人翁。而岡田亨與笠原 May 為假髮公司當調查問卷的兼職，也是從他的《日出國的工廠》中對假髮工廠的研究調查而來。由此可見，村上小說的既視感是來自於他大量提煉了相同元素、大量重複使用相同元素。這樣的作法可以造成特有的效果：一來，創造出具有村上風味的小說世界；二來，使得有些貫串的元素極具寓意，而成為小說內容、主題的一部分。以下便選取了三種元素來論述。

一、井

「井」貫串在村上的多部小說中，成爲其小說的重
要題材。首先是他的第一部著作《聽風的歌》中，他
便藉由一個虛構的作家（哈德費爾）的作品《火星的
井》，而將井鄭重地介紹給他的讀者們。這是一位青
年潛入火星地表下面，然後看見無數被挖掘成沒有底
的井裏的故事[23]。在這之後從他多部作品中亦可以找
到井的蹤跡，例如：《1973 年的彈珠玩具》、《挪威
的森林》……等；然且其中最具象徵意涵的莫過於
《發條鳥年代記》。

貫穿《發條鳥年代記》三部曲中的井，極具形象和
象徵意涵，不只是其中某一個角色的想像而已，而是
從久美子開始井的形象便慢慢擴散著。在小說的一開
始，久美子便爲了衛生紙的顏色、香味以及青椒牛肉
等小事對岡田亨發脾氣，然後她提到井，並將井這個
意象安在岡田亨上：

> 你身體裏面是不是有一個像深井一樣的東西開著
> 呢？而且如果朝裏面叫一聲「國王的耳朵是驢子的
> 耳朵」的話，大概很多事情都可以解決吧！[24]

除此之外三部曲中的井還包括：間宮中尉在滿洲掉落

而下、岡田亨游泳時意識上的和宮協家院子裏的井。
那麼井在書中顯現的寓意究竟有什麼呢？日本學者曾
將之與意識等連結，孫樹林曾經歸結出日本學者在這
個要項上的研究成果：

> 著名文學評論家拓殖光彥認為，村上春樹小說中的
> 井是個媒介。《聽風的歌》中的「井」是弗洛伊德
> 精神分析用語"id"，主人公下到井裏為的是尋找
> 自我意識。《1973 年的彈子機》則描寫了下到無
> 意識的「井」中的快感。《挪威的森林》則給弗洛
> 伊德的"id"罩上了一層死的陰影。至於《上弦鳥
> 史記》中的「井」則完全是一個「媒體」，亦即
> 「意識的媒體」。另外著名文學評論家鈴木和成提
> 出了「無意識死角論」，與前者異曲同工。[25]

當結果都指向意識時，可以進一步思索意識對於生
命體該有什麼影響？在這裏似乎可以發現井和意識、
水之間有關聯。於《1973 年的彈珠玩具》中，可以見
到善於挖井的老人開發了許多甜美的水，但當這位掘
井人慘死時，甜美之水也跟著無疾而終了。再者，喜
歡聽到石頭敲擊井水的聲音，可見人應該探索生命意
識深層的思緒，若可順利，生活是毫無阻礙地順暢就
像啜飲甘甜的醇水般，若不能進入到意識內，便對自
身毫無瞭解，那麼生活就碰到阻礙，生命無水便失去

潤澤。而人若想進入去意識中，就必須透過追尋的過程，此書的追尋媒介便是「彈珠遊戲台」。

在《挪威的森林》中，直子口裏乾涸且情狀恐怖的深井，是她心裏的黑洞，這個黑洞慢慢吞噬她的心，所以在她的姊姊及男友 Kizuki 自殺後，她內心關於井的形象愈來愈清晰，而她對於井的描述，其實就是關於內心歪斜不正的描述：「那真的……真的很深喔！……不過誰也不知道那在什麼地方。只知道是在這一帶的某個地方而已。」其實這種偏斜早就宿命地根植在她心裏，誠如她父親所言：「那大概跟血緣有關吧！」而在她姊姊和 Kizuki 的自殺之後，便誘發出其深層意識上的絕望──一口乾涸的井，這口乾涸的井是那麼深沉而黑暗，如此沒有自由之泉所導致的最終結果，便是孤零零地逐漸慢慢地死去。總之，乾涸的深井是直子的終極所在，除了使她直抵死亡的國度外，無法透過井（意識的解放）到達生命的出口。

至於《發條鳥年代記》中，井的作用更加顯著，久美子安置在岡田亨身上的井，也是類似直子那般的意識黑洞，甚至比直子的更加深沉，書中所描述來自家庭的陰暗壓力非常強大，因為無論是父親或母親都有偏差的價值觀，而唯一的哥哥也因為價值觀的扭曲使得心胸褊狹而污染了愛她的姊姊和她，即使她想透過與岡田亨的婚姻關係來逃避，也逃脫不了，一來那

黑暗面仍舊會浮出到意識上來提醒你，它扎扎實實地
存在著，就像笠原 May 所言：「這種事是不可能的。
我這樣覺得。就像自己覺得自己做得到，已經變成另
一個自己了，但在一層表面之下，原來的你還好好地
存在著，一旦有什麼事的話，那個人就會說『你好』
而露出臉來。」[26]因此我們在村上的筆下看到，久美子
的體內確實有著什麼，例如岡田亨第一次和久美子做
愛時，就感覺到久美子體內的「什麼」：「那裏還有
什麼，奇怪的清醒的東西，雖然我無法適當說明，但
那裏有一種乖離的感覺。自己所抱著的這個身體，好
像不是那個剛才還並排坐在身邊親密談話的女人身體
呀！」[27]而當久美子懷孕時，她沒有喜悅，反而那種體
內不知有什麼，然後被侵蝕的狀況更深刻了：「有時
候我覺得在我身上的什麼地方，好像有個什麼東西潛
藏在裏面似的。好像有東西在家人外出的時候，跑進
空屋子裏來，然後就躲在壁櫥裏一樣。而那東西偶爾
會跑出外面來。把我自己的各種順序和理論弄亂，就
像磁氣把機械動亂一樣。」[28]再來雖然久美子已經陸續
藉由一些小事透露出訊息給岡田亨，但他仍無法體認
久美子的潛意識狀況究竟是如何，直到來自間宮中尉
回憶到曾被丟進蒙古沙漠中的一口乾涸的井，才啓發
了他，那麼這廣大沙漠中的枯井之於間宮中尉代表什
麼呢？才發現原來井就是意識的入口。

何以間宮中尉那口記憶中的井足以啓發岡田亨呢？

那是一個深井，我感覺好像花了相當長的時間才到
達地面……但在我繼續落下那黑暗中而去的時間
裏，記憶中好像真的想起很多事情似的……我在那
裏，在沙漠正中央的井底，一個人獨自被留了下
來……然而在深沉的黑暗中，自己現在所感覺到的
感覺是真的正確的感受嗎？確定意識十分清楚。但
那意識和肉體不能夠適當地連接起來。偶爾聽得見
風的聲音。風吹過地面時，在井的入口發出不可思
議的聲音。那聽起來好像在什麼遙遠的世界女人在
嘆息哭泣的聲音似的。那是遙遠的某個世界，和這
個世界有個細小的洞穴相連，那聲音可以從這邊聽
得見。然後我不知道時間經過了多久。但在某一個
時點，發生了一件意想不到的事情。太陽光簡直像
是某種啟示似的，忽然射進井裏來。那一瞬間，我
可以看見我周圍所有的東西。井裏充滿了鮮明的光
線，像是光的洪水一樣……溫暖的陽光溫暖地包住
我赤裸的身體。連我的疼痛，都感覺好像被太陽的
光線所祝福著。由於什麼動靜忽然醒過來時，光已
經在那裏。我知道自己又再度被那壓倒性的光所包
圍……我在那光之中眼淚潸潸流下。覺得好像全身
的體液要化成眼淚……人生的真正意義就存在於這

只持續幾十秒的光之中，我想自己應該在這裏就這
樣死去啊！[29]

如此在絕對黑暗、孤獨、無助的情形下，人終於可以
真正反觀自己的心，那頓時想起的各種回憶就是一種
表徵。因此，掉落至此，看似是一種絕望，卻反而是
進入自我或他人意識的入口，可以由此進入到另一個
世界，然後由另一個世界帶來清明，所以使得生命情
境不再混沌不明，這時一線曙光已露，故希望或溫暖
都有了深切、明晰的圖像。而且從中體驗到的「看清
自己」是何等的喜悅，所以潸潸流下的淚水是種活泉
的象徵，植物因水的灌溉而欣欣向榮，生命中必須要
有活泉，也是相同的道理，此時乾涸之井因身體之水
而獲得潤澤，像這樣於是想通了、準備好了；那麼生
命即使走到了盡頭也是一種滿足，所以可以用雙手迎
著、擁抱著死亡。

岡田亨從中的確受到啟發，所以在一陣長眠之
後，決定「下到井裏去」，這個動作便是一種通到自
己或他人深層意識的方法。在這之後情節突然豁然開
朗，岡田亨原本莫名所以的種種思緒於是開通了。首
先，在井裏令他清晰地回憶起和久美子初識之時及心
裏的確有什麼黑暗之後，逐步順利進入到久美子的意
識之中；其次，在明瞭一切之後，他便可以採取實際

行動，以巨資租下宮協家，以保有那口在東京的井，
然後在井底試圖穿越牆壁來到一個可以處理問題的空
間（二〇八號房）中，在二〇八號房中，見到一次次
打電話來的女子（其實就是久美子本人）、眼見到綿
谷昇被痛毆重傷……而當問題解決及久美子從黑暗中
獲救時，那象徵希望的活水又出現了，於是井底充滿
了水，此涸井變成了水井。

二、夢和沉睡

　　承接著「井──意識的入口」之後，村上進一步
想要揭示意識的內容。而這些意識內容潛藏在何處
呢？就在「夢」中。因為，一來夢可以顯示意識，二
來村上的小說中充斥著夢境。就前者而言，自古以來
夢在人們的心中便極具分量，人們總是將夢放在一個
特殊的位置上。像神話、聖經和各種文學中都可以找
到它的蹤跡，例如《舊約聖經》中約瑟因為解釋法老
王的夢而贏得信任。不久，但以理也為巴比倫國王尼
布甲尼撒解夢同樣獲得巨酬。而到了二十世紀之後，
關於夢便有了系統性的研究，這要歸功於弗洛伊德精
神分析學派。郭永玉〈精神分析論夢的三個里程碑〉
一文的分析 [30]，在精神分析學派中，研究關於夢的學
說和分析方法的前後有三人。其中弗洛姆（Erich

Fromm）認爲，夢是我們在睡眠狀態下各種心理活動的有意義的和重要的表現。它既表現合理的或不合理的欲望，同時也表現理性與智慧，在夢中愛與理性、欲望與道德、邪惡與善良，都能得到表現。總之，夢一方面呈現了來自於現實處境或社會文化的壓抑，一方面也是我們對自己所處的現實環境的洞察。而且由於夢可以突破覺醒狀態下的邏輯、語言和社會禁忌的作用，使得意識可以獲得比清醒時更爲透徹的認識。

　　就後者而言，村上小說中的夢境是很重要的潛意識內容。在《世界末日與冷酷異境》一書中，「冷酷異境」中的我指的是現實生活中的意識，「世界末日」中的我則是夢中的潛意識，於此可以看到他花了一大半的筆墨來描繪這極其隱晦的潛意識內容。爲何可以確認村上在這一部分的努力跟刻畫呢？這個來到世界末日的我，交出了自己的影子得以居住在「街」上，然後「我」被命名爲「夢讀」，接著他每日唯一的工作，便是到圖書館透過一個個獨角獸的骨頭來讀古老的夢，「我」由生疏到慢慢熟練，於是發現往往在頭骨感受到的便是自己以前的記憶：

　　　……是骨頭在發著光，屋子裏簡直就像白晝一樣
　　　地逐漸亮起來。那光像春天的陽光一般柔和，像
　　　月光一般寧靜。長眠於排在架子上的無數頭骨中

> 的古老的光現在覺醒了。頭骨的行列簡直就像把
> 光細細地切割鑲嵌進去的清晨的海洋一樣，在那
> 裏無聲地閃爍著光輝。但我的眼睛即使面對這些
> 光，也不再感到任何炫眼了。光帶給我安詳，使
> 我的心充滿了古老記憶所帶來的溫暖。[31]

而這些夢境的意識內容，正如精神分析學說在釋夢時
一般，它代表了壓抑的釋放、內心的願望或是對現實
環境的體察。

　　以《海邊的卡夫卡》為例，中田老先生在少年時
的一位年輕女老師（團持節子，二十六歲），在帶他
們到山上從事野外實習的前一天晚上，夢到出征到戰
地的丈夫來到她夢中，在夢中個性內向的他們擺脫了
平常的壓抑，然後以各種姿勢如野獸般地交合，達到
了從未體驗過的肉體快感，而如此具體且滿足的肉體
快感令她生動地有所感覺，且在隔天的野外實習時，
仍回憶著夢中性交的餘韻。如此的夢境其實和她的心
境是緊密結合的，因為在戰爭中，她失去了心愛的丈
夫和父親，在終戰的混亂中，則又失去了母親，就在
這樣不安定的婚姻生活中，也沒有時間生孩子，所以
她從此就在孤獨中隻身生活著。因此夢裏的緊密交合
所顯示的，便是她內心強大的壓抑和渴望。

　　另外，主人翁田村卡夫卡為了逃避父親如同伊底

帕斯王的詛咒：「你有一天會親手殺死父親，有一天會和母親交合，有一天也會跟那個姊姊交合……」[32] 雖然他以離家出走來逃躲，但最後他仍然在潛意識、在夢中踐履了他父親的詛咒；關於這個宿命，他根本不想接受，所以他在心底發出了最深的質疑和吶喊，因此他一方面化身為烏鴉少年，直接面對蒐集貓的靈魂來做成笛子的戴禮帽的男人（田村之父），然後當這個男人挑釁之後，他便放手一搏地攻擊他：「……兩腳的爪子降落在男人胸前，頭猛然往後一扯，就像在揮動鶴嘴鍬似地，以銳利的喙尖使勁戳進對方的右眼去……叫作烏鴉的少年執拗地攻擊男人的兩眼……（他）滿臉染成血紅，皮膚破裂，肉屑飛濺，變成只剩一團肉塊而已……這一次尖喙往說著話的嘴巴裏猛刺……少年喙破男人的舌頭，在那裏鑿穿一個洞穴，用啄尖抓緊，使出渾身的力氣往外拉扯……」[33]

　　在此書中的另一個主人公中田老先生，他在少年時的那次野外實習中，受到了強烈的驚嚇，因而喪失了寫字、記憶的能力。從此他生活在邊緣、生活在「沒有」之中 [34]，在整個肩負「打開石頭入口」的任務中，他沒有能力依賴自己的意志，所以只好全憑睡夢中的意識來領導他朝該去的方向無畏地前進，例如搭星野青年的便車，想要經過一條長橋，於是兩人來到了四國，那接下來呢？他也不知道，星野正覺傷腦

筋時，中田若有所思地摸摸頭，直說他好想睡覺，結
果一到旅館便和衣鑽進棉被裏，不一會已經發出熟睡
的安詳鼻息了。結果連姿勢都沒換地足足睡了三十四
個小時，當他醒來後便斷然宣布「要往西邊走」。就
這麼在尋覓和深睡中交替著，中田不僅找到代表入口
的石頭，而且來到了甲村圖書館，見到了佐伯小姐。
他們兩個都是生命中有所遺失、僅存一半影子的人，
他們之間展開一段對談，且知道彼此都將達到彼岸，
差不多都必須離開了。此間中田的彼岸就是幫佐伯小
姐燒掉象徵記憶的檔案，當他完成任務之後，他又表
示自己很睏，必須要熟睡才行，結果這次他在深深的
睡眠中安靜地斷了氣。由是可見夢境所顯示的現實趨
向是極為明顯的，它完全揭示了角色的動作及情節的
發展。像這樣的夢境和沉睡的作用也出現在《發條鳥
年代記》中，岡田亨想到要由井底才能進入意識的入
口，也是在一陣睡眠之後。

三、世外桃源──尋找生命的原鄉

田村卡夫卡這位十五歲的少年，帶著受傷的心靈
來到了甲村圖書館，他對這個圖書館的第一印象是：

我可以一個人完全占有那間優雅的房間。就像雜

誌登出的照片那樣。天花板高高的，寬敞舒暢，
而且有一股溫暖的感覺。從敞開的窗戶不時吹進
陣陣微風。白色窗簾無聲地輕飄著。風中同樣帶
有海岸的氣味。沙發坐起來舒服得沒得抱怨。房
間角落裏有一架古老的直立式鋼琴，心情簡直就
像到了某個親密的人家裏來玩似的。坐在沙發望
著四周時，發現這個房間正是我長久以來想要尋
找的地方。我真正尋找這樣一個像世界凹洞似的
安靜的地方。可是從前，那只是一個虛構的秘密
場所而已。我還無法相信這樣的場所真的存在於
某個地方。[35]

如此令他心滿意足、安置身心的場所，從他一路的創
作便接連地出現，雖然其中有些變形，但都改變不了
這就是那些內心殘缺者想要找尋的一個令他們可以安
然於其中的地方。

　　在《尋羊冒險記》中，「我」因為一張北海道羊
群的廣告圖片，被捲入尋找一隻身上帶有星形符號的
羊，而且背後還有龐大組織在操縱著，當他尋線來到
北海道的海豚飯店，見到了羊博士，知道了這隻羊會
進入人的體內吸取人的意識，且按羊博士的指引來到
了「十二瀧町」，而這正是離他們遠去的朋友（老
鼠）所隱身之處，正是這位富有但內心空虛的富家子

弟安心之處。此處可見白樺樹海和一片湖一般寬闊的
草原，另有一幢羊博士四十年前蓋好的美國鄉村風格
的古老木造兩層屋，「房子很寬大。寬大、安靜、有
一股倉庫般的氣味。好像小時候聞過的氣味。古老家
具和被遺棄的褥子所醞釀而成的古老時間的氣味。」[36]
而二樓的小房間還留有老鼠居住的氣味，「……床鋪
得很整齊，枕頭還稍微留下凹痕……床的旁邊有一個
橡木料的堅固衣櫃，抽屜裏整齊地放著男人的毛衣、
襯衫、長褲、襪子和內衣。毛衣和襯衫是舊的，有些
地方磨損了或有點脫線起毛，但東西是好的。記得其
中有幾件我看過。是老鼠的東西。三十七號的襯衫，
七十三號的長褲。沒錯。」[37]

在《挪威的森林》中，內心蒙受親密家人、男友
自殺陰影的直子，在二十歲生日的那晚，和渡邊發生
了肉體上的關係，這樣親密的舉動誘發了她內心的偏
斜不正，之後她便躲到了「阿美寮」。它位處於偏僻
的山中，環境幽靜深邃——「巴士突然穿進冷颼颼的
杉木林裏。樹林簡直像是原木林般高高聳立，遮住了
陽光，昏暗的陰影覆蓋了萬物……我們穿出周圍被山
包圍的盆地般的地方。盆地上綠油油的田園無止境地
延伸，沿著街道流著清澈的河流。遠方有一道白煙細
細升起，到處看得見掛著曬衣竹竿，有幾隻狗在
吠。」[38]而在「阿美寮」的病患，則過著自給自足的生

活，有時甚至身兼治療師和病患兩種身分，所以可以從中找到自身的價值，因此更無法離開此地，一想到外界的生活就令人緊張害怕，不知棲身之處是哪裏，玲子姊就是典型的例子。而身處於此的直子，狀況堪稱穩定，甚至渡邊覺得她在此處顯得更有精神，出落得像成熟、優雅的女人；另外，直子也在此順利地和渡邊有了親密的肌膚之親。除了上述兩個例子外，像《世界末日與冷酷異境》中的世界盡頭、《舞、舞、舞》的「海豚飯店」以及《人造衛星的情人》的「希臘小島」都是其變形。

　　上述這幾個地方猶如陶淵明的桃花源或是「失落的地平線」，是位處於「邊境」、人煙稀少、時間停止之處；更重要的特點是，「它」接納了受傷的靈魂們，然後給予撫慰。而這樣桃花源式的編造，對村上而言就像是在寫「邊境旅行記」時的心境。他認為現在是一個科技昌明、交通便利的年代，因此有所謂的旅遊、旅行，而探險、秘境都已消失，於是他重新開始審視旅途，想要重拾個人心中的「邊境」：「我想最重要的是，即使在這樣一個邊境已經消失的時代，依然相信自己這個人心中還是有製造得出邊境的地方。」[39] 那麼「邊境」是什麼呢？就是找尋那似曾相識之感，好讓自己安心，就像村上和松村映三在旅行的過程中，發現了早已在心中隱隱若現的舊臉孔。旅途

上一座橋、一棵樹、小巷、廣場、階梯蜿蜒、沒有止境的道路，其實都是旅行者平日夢中的場景。所有相似的感覺、溫度、光線、溼度、老人及小孩的臉孔、山水與雲霧、寂靜的空巷、對親情的嚮往、對偉大的憧憬、對巨大浩瀚空間的嚮往，這些埋藏在心中的童年衝動，只是藉著新的路程挖掘出舊的鄉愁，也就是個體的意義和生命的原鄉。

這是每一個執意要面對自己的人都必須歷經的旅程和尋覓。就像《阿拉斯加之死》中那位捨棄金錢、才能、前途而獨自走入阿拉斯加曠野的年輕人一樣，能夠如此投入「邊境」的懷抱，才是真切認知個人生命意義的唯一途徑；所以書中記載著這位青年的最終是：

> 他〔克里斯〕最後的行動之一是為自己照了張相片，站在巴士旁，站在浩瀚的阿拉斯加天空下，一隻手執著他最後的短簡，朝向相機鏡頭，另一手則擺出勇敢、快樂的再見姿勢。他的臉憔悴得厲害，幾乎只剩皮包骨，但如果他在生命盡頭曾經憐憫過自己——因為他如此年輕，如此孤獨；因為他的身體辜負了他，他的意志使他失望——由照片上也看不出來。相片中的他微笑著，而他的眼神無疑地流露著：克里斯·麥克肯多斯終於

如僧侶般平靜地、心如止水地走向上帝的懷中。[40]

村上也是藉由這些邊境的桃花源來面對自己的記憶和找尋生命的定位和意義，一切都是爲了能夠安心；而且在整個思索的過程中，更是朝著積極的方面發展，由早期無法表出的秘境，而歸向深入之後，還有能力走出，然後回到現實中來正視生命情境，就像田村卡夫卡一樣。

第三節　運用既成文本

楊照曾經在〈記號的反叛〉一文中指出，村上的作品有賴其他「文本」來產生意義：

> 他的文本是用各種互文關係（intertexnality）堆砌起來的。在閱讀的過程中，我們不斷遭逢各種參考，例如樂曲名稱、小說書名、商品品牌、型號甚至食物的描寫。這些參考背後各自隱藏了一些特別意義的「文本」，和村上自己寫的情節、人物構成「互文關係」。我們無法躲開這些「互文」的干擾去揣摩村上所要傳達的意念。「互文」交織累積到一個程度之後，村上自己的話就完全消融在其間了。[41]

在此，楊照以「互文」來解讀村上小說中大量出現的
既成文本，雖然他對於「互文」的理解是偏頗的，但
他到底指出了這些「互文的內容」就是村上小說中極
重要的部分。因為我們在閱讀的過程中很難忽略這些
內容，這好比中文修辭法中的「引用」，藉由讀者已
有的閱讀經驗來指涉內容的意義。而這些各式各樣的
互文符號中的「音樂」和「文學作家和作品」這兩個
項目，較之於其他商品品牌或食物，更有它們本身已
存在、可參照的文本意義。即讀者對於小說中出現的
樂曲或作家作品已有覺知，於是他們便帶著這「似曾
相識」的認知來理解這些小說。所以在本節中便著重
在這兩個部分，來看看村上如何運用這些既成文本來
豐富其小說的寓意。

一、音樂

　　川村湊曾對〈挪威的森林〉這首曲子之於《挪威
的森林》這本書有過這樣的看法：

> 我想村上春樹於《挪威的森林》書中的內容，與
> 挪威、森林似乎沒什麼關聯。〈挪威的森林〉
> （Norwegian Woods）是著名的披頭四（The
> Beatles）合唱團所演唱的一首令人懷念的西洋歌

曲，在村上的這部作品中，除了當作是襯底的背
景音樂之外，實在想不出還有什麼關聯性。[42]

其實這樣的說法很難說服人，就簡易的邏輯而言，一
部較嚴謹的電影或電視劇，它的配樂絕不是隨意選
取、隨意找來充數的，而是創作者想要透過配樂來強
化主題、氛圍和內涵的。就像頗受村上影響的電影導
演王家衛在《春光乍洩》中使用的探戈（Tango）、在
《花樣年華》中使用的爵士（Jazz），都令影片的風格
有一脈相承的表情和情緒。因此，村上在小說中反覆
出現的樂曲、曲調，亦成為小說的主題或氣氛。

　　村上如何呈現這些音樂素材呢？第一，村上多部
小說的書名都是樂曲名稱，除了最有名的《挪威的森
林》之外，還有《舞、舞、舞》是來自於海灘男孩
（Beach Boy）的〈舞、舞、舞〉（Dance Dance
Dance），《國境之南、太陽之西》則是納京高（Nat
King Cole）的〈國境之南〉（South of the Border），
《發條鳥年代記——第一部鵲賊篇》是取自羅西尼
（Rossini）的歌劇〈鵲賊〉（La Gazza Ladra
Overture）；最妙的是《海邊的卡夫卡》一書，書名的
樂曲〈海邊的卡夫卡〉並非現實中的曲名，而是主角
之一的佐伯小姐的創作曲。

　　第二，村上刻意設定書中的人物都極愛好音樂。

所以他的小說世界中音響總是開著，例如《舞、舞、舞》中的少女（雪）坐在飯店的餐廳中時，隨身聽總是不離身，而且無視於他人的存在，逕自沉醉於其中。另外「我」和雪在等飛機回東京的空檔中，租了車到處閒晃時，仍不忘開著車上的音響伴隨著。在《世界末日與冷酷異境》中也不例外，「我」在剩下不到幾小時便要離開世間的期限中，他也租了車出遊逛著，在租車的過程中村上除了安排「我」與女店員討論著巴布・狄倫（Bob Dylan）外，還讓他事先到唱片行買了幾捲錄音帶[43]。

第三，村上常以同一首曲子來貫串重要的情節，算是小說的主題曲。以〈挪威的森林〉為例，《挪威的森林》一書便以這同名的樂曲揭開序幕；再者，直子在阿美寮時會向既是密友也是音樂治療師的玲子，重複點播此首歌曲，而在玲子和渡邊為直子合辦的溫柔葬禮中，玲子「依照慣例」地彈奏了〈挪威的森林〉。另外在《世界末日和冷酷異境》一書中，「我」迎接大限的到來就是在巴布・狄倫所唱的"Blowing in the Wind"的樂符中。

第四，在情節進展中，村上常常讓它搭配著樂曲的響聲，所以我們在閱讀時不免按照這些節奏打著拍子。在《舞、舞、舞》中「我」來到了海豚飯店想找尋包含在其中的求救聲，當他一踏進海豚飯店的電梯

中，馬上有波爾・瑪麗亞〈藍色之戀〉的音樂入耳，
繼而轉成帕費司樂團的〈夏日之戀〉。就在陶醉之
際，一切都禁止了，「我」所感受的音樂停止了，
「我」便進入另一個空間（海豚旅館），見到好久不
見的羊男，而羊男所提示的，便是在目前困境中唯一
能做的：「配合音樂起舞」。

> 在音樂聲響起之際，無論如何要持續不斷地舞蹈
> 著。能理解我所說的話嗎？舞蹈不間斷地舞蹈
> 著，不可以考慮為什麼要舞，也不要去想是否有
> 意義，因為意義本身原本就不存在。[44]

正如上述村上的小說充滿音符，底下便進一步探
討這些音樂曲調的內涵和小說內容之間的指涉性究竟
有多緊密。村上自己曾經指稱：「音樂是跟人的心理
連接得最緊密的東西。」因此他曾經在小說文本中提
示了音樂的重要性，因為音樂就是「心」的象徵，是
人的「記憶」。〈海邊的卡夫卡〉這一首歌是佐伯小
姐在她十九歲時，寫了詩，並配上旋律，用鋼琴伴奏
唱出來的。而且這張唱片戲劇性地暢銷，且在當時一
開收音機，不管轉到哪一台，都在播這首曲子。然而
自從男友死去之後，她就不再開口唱歌了，甚至離鄉
二十年（準確地說應該是消失）才再回到家鄉。但是
回鄉後的佐伯卻是：「從她口中說出來的話經常是禮

貌而優雅的，裏面缺少該有的好奇心和驚奇的語調。
她的熱情——就算曾經有過——不知道收到哪裏了。」
[45] 如此失去熱情、生命力的她，是停在男友死去的二十
歲的那個時間點上，而不是十五、六歲正處於幸福狀
態隨意就可以從夢中抓取「兩組和弦」的她。總之，
男友死於荒謬的理由之後，佐伯就像行屍走肉般地活
著，甚至晚上便會化身為十五歲的少女，來到男友曾
經住過的房間。至此那首由「兩組和弦」搭配而成的
〈海邊的卡夫卡〉就塵封了，直到田村卡夫卡出現
後，誘發了她已死的靈魂、已死的心，這首〈海邊的
卡夫卡〉才又在小說中響起。

　　而在《世界末日與冷酷異境》一書中，更明確地
以樂器、曲調來象徵那已失的記憶。人若沒有記憶就
是處於沒心的狀態，就像「我」交出自己的「影子」
一般。在代表世界末日的世界盡頭中，大家都遺棄了
樂器，只剩下一個單獨住在發電廠看顧風車的人，他
收了各式各樣有見過或沒見過的樂器，也正因為他沒
有完全棄樂器於不顧，因此是個影子還沒有完全剝除
的人，所以沒有資格住在「街」上。但對他而言，頂
多只是收藏而不知樂器的作用，反觀「我」因為才和
影子分離不久，所以還想要找尋樂器，只是一把手風
琴在手，仍舊按不出任何旋律：「雖然如此，我還是
花了一小時或兩小時，當場即興地逐漸摸索出幾個沒

有錯誤的簡單和弦。但旋律卻一直沒有浮現在我腦子裏。一次又一次反覆地按著按鍵想要想起什麼旋律，但那只不過是無意義的音階羅列而已，並不能把我引導到什麼地方。」[46] 畢竟「我」也是個已經和影子剝離的人了。像這樣以音樂曲調來象徵心、記憶的意象，在那個圖書館女孩身上也可以發現，因為她已經是個安然於沒有影子的人，所以連樂器是什麼都不知道，直到「我」帶領她見到、摸索到手風琴時，她才隱約意識到手風琴是個關鍵，可以和歌與母親連接上：「『大概是手風琴噢，』她說。『那一定是鑰匙噢。』『手風琴，』我說。『道理說得通。手風琴和歌連得上，歌和我母親連得上，我母親和我的心的頭緒連得上。對不對？』」[47]

再者，樂曲可以指向更明晰的寓意。或歌詞或調性或樂風等，在〈海邊的卡夫卡〉中便有這樣明顯的意圖。這首曲子的歌詞是：「當你在世界的邊緣時／我正在死滅的火山口／站在門影邊的是／失去了文字的語言／月光照著沉睡的蜥蜴／小魚從天空降下／窗外有意志堅定／站崗的士兵們／卡夫卡坐在海邊的椅子上／想著推動世界的鐘擺／當心輪緊閉的時候／無處可去的斯芬克斯的／影子化作刀子／貫穿你的夢／溺水少女的手指／探循著入口的石頭／撩起藍色的裙襬／看見海邊的卡夫卡。」[48] 其中除了「小魚從天空降

下」、「站崗的士兵們」、「貫穿你的夢」、「探循著入口的石頭」等句直接和情節相連結外，由樂曲的曲調所散發的氣息，正好象徵佐伯小姐的心境，而這樣的心境也正好是被困在伊底帕斯情結中的田村卡夫卡所要追求的安寧，因此他聽了這首曲子後的感受是：

> 終於歌唱完了，鋼琴彈到最後一個音，弦樂器安靜地維持著和聲，雙簧管留下餘韻將旋律收尾……那裏面真的是自然的才華和無欲的心，坦率而溫柔的重疊。那甚至是可以用「奇蹟式的」表現法來說的完全貼切的重疊。住在小城的十九歲的害羞少女，思念身在遠方的戀人所寫的歌詞，面對鋼琴譜出曲子，把那毫不炫耀原原本本地唱出來。她並不是為了唱給誰聽的，而是為了自己而作的曲子。為了稍微溫暖自己的心而作的。那種無心、安靜而確實地打動了人們的心。[49]

如此為文本設定一首主題曲，然後以歌詞或曲調來作為人物心音的還有：《挪威的森林》、《世界末日與冷酷異境》、《發條鳥年代記》、《舞、舞、舞》、《國境之南、太陽之西》等。於此再以《世界末日與冷酷異境》為例。

於《世界末日與冷酷異境》中的主題曲是巴布·

狄倫的〈隨風而逝〉（Blowing in the Wind）和〈大雨就要落下〉（A Hard Rain's A-Gonna Fall）。其中〈隨風而逝〉的歌詞是：「不管走過多少道路／難道就能被認定是一個頂天立地的大丈夫？／不管越過多少海洋，／白鴿能否安穩地棲息在沙灘上？／不管經歷過多少的槍林彈雨，／難道武器就能被永遠地禁止？／這個答案隨風而逝吧！／即使抬頭仰望，可曾見到那青空？／即使是耳聰的執政者，可曾聽到民眾的吶喊？／即使死了好多人，知道嗎？永遠也不會嫌太多／這個答案，朋友啊，就讓它隨風而逝吧，／就讓答案隨風而逝吧！／不管經過多少歲月，／在水乾涸之前，青山是否依舊存在？／不管經過多少歲月，／在重獲自由之前，人們依然存在？／不管轉過身去不願看人們的臉幾次，／難道就能依然裝作看不到？／這個答案，朋友啊，就讓它隨風而逝，／就讓答案隨風而逝吧！」[50] 這首歌在一九六二年美國黑人運動高潮時，由二十一歲的巴布・狄倫寫的曲子，一時之間在全美各地廣為流傳，是反體制的象徵歌曲。在一九六〇年代中，反戰呼聲日益高漲，其內涵所質疑的便是：生長在這個世界，為何是如此不自由、無秩序可言呢？也許只能感到悲傷，是任誰都無法挽回的吧？如此一來對於這樣的問題，只有一個答案——「隨風而逝」，無論處於什麼境地也只有這個答案。所以

〈隨風而逝〉除了反體制之外，更帶有悲傷、宿命的氣氛。而《世界末日與冷酷異境》中的「我」，在資訊體制下，意識被進行改造了都不自知，等到尋求到真相之後，也只能為自己倒數、等著進入長眠中，這是何等地孤獨、哀傷，因此由這首歌來註解這樣的情狀再適合不過了。

最後，可以看到村上對這部小說的結尾安排得極為用心，他對於即將從這個世界消失的「我」，先讓他聽〈隨風而逝〉，緊接著又聆賞〈大雨就要落下〉[51]，此中便有著他深深的無奈，因為「我」在這個世間看到世界末日來臨了的大事，但人們並沒有注意到，故眼見暴風雨就要來臨了，「我」掙扎著想要在暴風雨來臨之前走出去，只是歌曲無休止符地唱下去，於是任憑自己像個孩子般，佇立在窗前凝視著雨一直落下來，因此「我」也只好接納自己就站在世界的街道上，看著雨絲靜靜落下的情景，然後漸漸地如被催眠般「往世界的盡頭」消失而去。

二、作家與作品

無論是村上自身的創作歷程或者是小說中的角色，都與某些作家或是既成文本有某種程度的關聯。以他的創作歷程而言，由於他自高校時代，便大量閱

讀平裝本（paper back）小說，因此接受了來自這些美
國作家的影響[52]，其中最特別的莫過於史考特·費茲
傑羅和瑞蒙·卡佛（Raymond Carver）。以費茲傑羅
爲例，村上面對著他的《夜未央》和《大亨小傳》，
使其興起寫小說的念頭，而他亦明言：「就這樣不知
多少年了，只有史考特·費茲傑羅成爲我的老師、我
的大學及文藝夥伴。」[53] 也正因爲如此，所以可以在
《挪威的森林》中看到相似於費茲傑羅《大亨小傳》
中的筆法。《大亨小傳》的藝術手法是介乎「寫實」
和「象徵」之間，所謂寫實，乃是借重具體的事物、
對白和時代感，而不至於使內容流於空洞和抽象；就
象徵而言，是使用「暗示」而呼喚出精準的情調、氣
氛和神態。融合兩者之後，就能以寫實的細節來豐富
原有的象徵手法。例如在書中的第六章有這樣的描
述：「她的目光離開了我，去尋求台階上面燈點得雪
亮的門口，從裏面正傳出來一支當年流行的又甜又苦
的小華爾滋曲調──『凌晨三點鐘』。」[54] 這首歌曲恰
巧配合角色的心境，由此捕捉了氣氛，亦重新創造出
時代的感覺。

村上春樹在《挪威的森林》中也是善於運用這樣的
手法，例如他以極真實和細膩的筆觸，描繪出直子就
讀的大學和他們兩人漫步的路線。首先，看到的是關
於直子所念的大學：「她（直子）上武藏野偏遠地方

都大學。以英語教育聞名的小型大學。在她公寓附近有一條清潔的渠水流過，我們有時在那邊散步。」[55] 這個大學的地理位置可以想成是在東京西邊小平市的津田塾大。而清潔的渠水就是流過大學附近的玉川渠水。這個區域由於有武藏野的森林和水邊的小徑等絕佳環境，因而成爲專科學校和大學很多的幽靜地帶。可以說是很像是想要拋棄高中以前的自己，開始過新生活的直子會選的地方。至於他們漫步的路線是：「她在飯田橋向右轉，走出壕邊，然後穿過神保町的十字路口，走上御茶水的斜坡，就那樣一直走過本鄉。並沿著都營電車的鐵路走過駒込。」[56] 若以散步而言，這是一段相當長的路，而耗費這漫長時間的散步，是直子一直「朝前繼續走」的結果，這種超乎平常人的舉動已透露出直子內心缺乏平衡的狀態了，好比直子生日那天和渡邊的長談，將 "Sgt. Pepper's Lonely Hearts Club Band" 和 "Waltz for Debby" 等六張唱片設定爲反覆播放的形態，那般漫無邊際，使一顆心懸盪在半空中般。

其次，村上在文本中設定了他的主角是喜歡閱讀的，尤其是經過時間洗禮的古典作品，例如在《挪威的森林》中有這樣的描寫：「他是個我萬萬趕不上的蛀書蟲，但原則上，他只讀那些死後滿三十年以上的作家的作品。『我只能信任那一類的書。』他說『倒

不是我不信任現代文學。我只是不想浪費寶貴的時間，去讀那些尚未經過歲月洗禮的東西。人生苦短啊！』」[57]另外，在《聽風的歌》一書中，也有相似的對話：「『你不讀活著的作家的書嗎？』『活著的作家一點價值都沒有啊。』『爲什麼？』『因爲對已經死掉的人，大部分事情好像都可以原諒似的。』」[58]此外，也可以在《世界末日與冷酷異境》和《發條鳥年代記》等書中，發現主人翁一再反覆閱讀古典小說，例如杜思妥也夫斯基的作品。

　　由上可證，村上由古典小說中吸取養分，甚至藉這些既有的文本來代替他的角色發言。較單純的狀況像在《尋羊冒險記》中，主角「我」欲找出那隻身上有星號、棲身在北海道的羊，而捲入一團迷霧中，當他循著線索想要找到答案的過程中，他一路上便以《福爾摩斯探案》一書伴隨其左右。當以耳朵爲模特兒的女友以直覺告訴他：「『去找羊吧！』她開著眼睛這麼說。『只要能夠找到羊，很多事情就會變得很順利的。』」[59]隔天她在浴室梳洗時，「我」手中捧的就是這本書，當時他是這麼看待這本書的：「故事是以『我的朋友華特的想法，雖然被限定在狹小的範圍內，卻具有極爲執拗的地方』這樣的文章開始的。相當漂亮的開場白。」[60]這便揭示這一段探尋的旅程即將開始，過程中除了需要某方面的堅持之外，更與其朋

友（老鼠）有關。而且在整個過程中，無論是在飛機上或是在象徵秘境的牧場等待老鼠時，他的手邊都有一本《福爾摩斯探案》：

> 在飛機上，她坐在窗邊，一直眺望眼底下的風景。我在一旁讀著《福爾摩斯探案》。[61]
>
> 房間裏的家具和老鼠房間的完全一樣……我衣服還穿著就鑽進床裏……一個人下山而去的女朋友的形象一時在那裏重疊，那形象消失後，這回出現了羊群和正在拍著照片的老鼠的身影。不過當月亮隱藏到雲中再度出現時，那些都消失了。我就著檯燈的光線讀《福爾摩斯探案》。[62]
>
> 為什麼老鼠沒有開車出去呢？我無法理解……我放棄思考關上車門，走出草原看看……在草原正中央的輪胎上一個人坐著，忽然想起小時候常參加的長泳大會……最奇怪的是社會沒有了我，還照常運轉著這回事。坐在那裏呆呆想了十五分鐘之後，又走回家，坐在沙發上繼續讀《福爾摩斯探案》。兩點鐘羊男來了。[63]

於此我們可以看到，村上在《福爾摩斯探案》的貫串下，預視了他的冒險之旅和不可預知的未來，且在偵探的執拗中，終於揭開羊已經進入老鼠身體並且促使他自殺了，以及羊在潛入他人身體之後企圖改變此人

意識的事實。

另外像《挪威的森林》中亦有類似的安排。因為書中所提及的《魔山》一書一直伴隨著渡邊的行動。其中以在阿美寮那一次最富於指涉,首先由玲子的反應可以看出其中的不尋常:「我和直子像第一次才見面般規矩地交換了一應的招呼。直子似乎真的很害羞。玲子姊眼光停在我正看的書上,問我在看什麼?湯瑪斯·曼的《魔山》,我說。『為什麼特地把這種書帶到這種地方來呢?』玲子姊好像很吃驚似地說,不過被她一說,倒也真是這樣。」[64] 若再細究,則會發現《魔山》的場景和阿美寮何其吻合,它們都發生在療養院。《魔山》中的肺結核療養院具有魔力,使得來自歐洲甚至世界各地的病人精神空虛地盡情享受疾病,靜靜地等候死神的來臨。於此湯瑪斯·曼以疾病為隱喻,勾勒這身處於疾病中的患者,如何在尼采(Nietzsche)等人的靈魂中來看待生命的哲理。尤其是主角漢斯·卡斯托普他從一段不尋常的肉身與心理之旅開始,在疾病經驗裏逐步思索人間的樣態和浮世百繪。他站在比其他病患更高的位置上,來檢視自己存在的意義,以及自己與世界的關係。村上令渡邊在阿美寮讀著《魔山》,已經暗示了住在其中的玲子與直子的角色,一來都是生了病的人,不過都一直在努力探索自己的生命情境;因此,兩書雖然沒有高潮迭

起的情節、豐富的故事性，但其中關於心理辨析的內容頗豐。二來，直子最終雖有頓悟，但終究難以逃脫「結束生命」的抉擇，而這樣的結局正可以用來說明作者的生死觀。

至於《海邊的卡夫卡》一書雖然沒有用卡夫卡（Kafka）的作品來隱喻，然用「卡夫卡」這樣作家的名字就有其寓意了。當很多人都好奇村上為何以「卡夫卡」為其小說之名時，他有了這樣的回答：「大約是剛開始動筆沒多久就決定了。『卡夫卡』是自己很欣賞的作家之一，而且這個名字念起來滿鏗鏘有力的，很喜歡就是了。『海邊的卡夫卡』感覺可以喚起一種印象，會在腦海裏出現一種節奏和回響，所以就決定這個名字。」[65]那麼「卡夫卡」這個作家的名字造成什麼節奏和回響呢？大體，卡夫卡和他父親之間的關係，指涉了書中十五歲的主人翁——田村卡夫卡和父親的關係。另外，所謂「卡夫卡式」的生活和作品格調也在此書中呈現出來。以前者而言，眾所周知的卡夫卡和他父親的關係是既複雜又矛盾；卡夫卡雖然終身都與父母同住，不過仍舊與父親不和，因為他在父親的眼中是個失敗者、是個廢物，況且他的父親更是不吝惜地讓卡夫卡知道他就是這麼看待他。也正因為這樣的父子關係，卡夫卡一直在找尋一種消失的方式，他選擇的方法是「讓自己變得藐小」，這也就成

為他多部作品的基調，例如《變形記》。而在《海邊
的卡夫卡》中，田村卡夫卡之所以離家出走，為的就
是躲避父親口中所說的「伊底帕斯情結」的詛咒，而
整個情節的發展，可以看到田村卡夫卡不僅沒有逃離
父親的詛咒，而且到了〈一個叫作烏鴉的少年〉那一
章，可以更清楚地看到，他父親對他的羞辱以及田村
卡夫卡強烈地憎恨他的父親。

　　至於後者，則可以從考察卡夫卡作品中的悖論得
到。他的小說是理性和非理性的結合體，這可以從
「對諸多文學要素的隨意擺弄、丟棄」、「趨輕的主
題、趨重的內涵」、「獨特的語言、新奇的結構」等
方面呈現出來 [66]。其中的悖論包括像命運的偶然與必
然、內省與衝動、不安與執著、懦弱與頑強、絕望與
救贖等。這樣的情調同樣在《海邊的卡夫卡》中發揮
得淋漓盡致，除了主人翁因憎惡父親離家出走，最後
還是回到父親所留下的住所外，還包括了：心理上嚮
往男人而身體結構卻偏偏是女人的中島先生；不願意
接受心愛男友已死，卻又嫁給他人，生下兒子又將之
遺棄的母親；渴望母愛但又將之視為戀愛對象的田村
卡夫卡。出口與入口，暴力與溫情，現實與夢幻，貓
講人話，人聽得懂貓語，大量沙丁魚、螞蝗自天而
降，識字的不看書，看書的不識字等。主人翁、田村
卡夫卡就在這一連串的悖論中思索著，所以雖然《海

邊的卡夫卡》一書外觀看似輕薄、離奇的童話故事，
卻是關乎青少年成長的肅穆議題，就像《少年維特的
煩惱》和《麥田捕手》般具有洗滌精神的作用，令人
在通過這個成長儀式之後，可以順利踏入另一個階
段。

註　釋

1 見村上春樹著，賴明珠譯，《1973 年的彈珠玩具》，台北時報，1995，頁 19。

2 Dejavu 這個詞彙，賴明珠將之譯為「既視現象」，而在吉田春生的書中則寫成「既視感」。

3 見吉田春生著，《村上春樹‧轉換》，東京：彩流社，1997，頁5。

4 請參閱村上春樹著，湯禎兆譯，〈這個十年〉，網址：www.geocities.com。2003.5.20 瀏覽。

5 轉引自林少華，〈比較中見特色──村上春樹作品探析〉，《外國文學評論》，第 2 期（2001 年 2 月），頁 34。

6 見村上春樹著，安西水完圖，賴明珠譯，《夜之蜘蛛猴》，台北：時報，1996，頁 46。

7 見苗力田主編，《亞里斯多德全集》，北京：中國人民大學，1992，頁 677。

8 見村上春樹著，賴明珠譯，《聽風的歌》，台北：時報，1998，頁 15-16。

9 見村上春樹著，賴明珠譯，《挪威的森林》，台北：時報，1997，頁 8。

10 同前註，頁 22。

11 村上春樹著，賴明珠譯，《1973 年的彈珠玩具》，頁 24。

12 村上春樹著，賴明珠譯，《挪威的森林》，頁 319。

13 村上春樹著，賴明珠譯，《聽風的歌》，頁 14。

14 同前註，頁 146。

15 同前註，頁 105。

16 例如：「比起宇宙的複雜度來，我們這個世界簡直像蚯蚓的腦漿一樣」、「電話就像一隻預感著死亡來臨的大象一樣，瘋狂叫好幾聲」、「不過似乎任何人都拼命想對某個人或對這個世

界傾訴一些事。這使我聯想起塞滿紙箱的猿猴群，我把那些猿猴一隻一隻從紙箱捉出來，細心地拂掉他們身上的灰塵，然後啪嗒拍嗒一下屁股，把他們放回草原上去。」綠問渡邊：「你喜歡我的髮型嗎?」「非常好看呢!」「有多好?」綠問。「有全世界森林裏的樹全部倒下那麼棒。」我說。「你有多喜歡我?」綠問。「全世界叢林裏的老虎融解成奶油那麼喜歡。」

17 村上春樹著，賴明珠譯，《挪威的森林》，頁158。

18 同前註，頁54。

19 綠:「世界上什麼事情最悲哀，沒有比穿著不乾的胸罩更可悲的事」。

20 村上春樹著，賴明珠譯，《1973年的彈珠玩具》，頁18。

21 林少華，前揭文，頁34。

22 例如《挪威的森林》是來自於〈螢火蟲〉。《發條鳥年代記——第一部鵲賊篇》是來自於〈發條鳥和星期二的女人們〉等。

23 「井確實是在大約幾萬年前火星人所挖的，可是奇怪的是這些井全部一律仔細地避開水脈挖成。他們到底為什麼挖了這樣的東西，沒有人知道。實際上火星人除了這些井以外，什麼也沒留下。既沒有文字、住宅、餐具、鐵、墳墓、火箭、街道、自動販賣機，連貝殼也沒有，只有井而已。這能不能算是文明，實在讓地球上的學者們難以判斷，不過這些井確實做得很巧妙。在經過幾萬年的歲月之後，連一片瓦都沒破……」

24 村上春樹著，賴明珠譯，《發條鳥年代記——第一部鵲賊篇》，台北:時報，1995，頁43。

25 孫樹林，〈井・水・道——論村上春樹小說中的老子哲學〉，《日本研究》，第4期（2001年4月），頁85-91。

26 村上春樹著，賴明珠譯，《發條鳥年代記——第一部鵲賊篇》，頁150。

27 村上春樹著，賴明珠譯，《發條鳥年代記——第二部預言鳥篇》，台北:時報，1995，頁81。

28 同前註，頁84。

29 村上春樹著，賴明珠譯，《發條鳥年代記——第一部鵲賊篇》，頁208-209。

30 參閱郭永玉，〈精神分析論夢的三個里程碑〉，《醫學與哲學》，第 18 卷第 3 期（1997 年 3 月），頁 153-155。

31 村上春樹著，賴明珠譯，《世界末日與冷酷異境》，台北：時報，1994，頁 492。

32 村上春樹著，賴明珠譯，《海邊的卡夫卡》（上），台北：時報，2003，頁 282。

33 村上春樹著，賴明珠譯，《海邊的卡夫卡》（下），台北：時報，2003，頁 305-306。

34 在那個世界既沒有文字，也沒有星期幾，沒有令人害怕的知事先生，也沒有歌劇，沒有 BMW，沒有剪刀，沒有高帽子。可是同時也沒有鰻魚、沒有紅豆麵包。那裏只有一切，但是那裏沒有部分。因為沒有部分，所以就不必用什麼交換什麼，也不必拿掉什麼加上什麼。不須思考困難的事情，只要把身體浸泡在一切之中就行了。見村上春樹著，賴明珠譯，《海邊的卡夫卡》（下），頁 120。

35 村上春樹著，賴明珠譯，《海邊的卡夫卡》（上），頁 53-54。

36 村上春樹著，賴明珠譯，《尋羊冒險記》，台北：時報，1995，頁 264。

37 同前註，頁 266。

38 村上春樹著，賴明珠譯，《挪威的森林》，頁 150。

39 見〈邊境之旅〉，收錄在村上春樹著，賴明珠譯，《邊境・近境》，台北：時報，1999，頁 229。

40 強・克拉庫爾（Jon Krakauer）著，莊安祺譯，《阿拉斯加之死》，台北：天下文化，1998，頁 312。

41 楊照，〈記號的反叛〉，收錄在鄭栗兒主編，《遇見 100％ 的村上春樹》，台北：時報，1998，頁 16-17。

42 轉引自川村湊著，趙佳誼譯，〈在挪威的森林甦醒〉，網址：www.geocities.com。2003.5.20 瀏覽。

43 包括：強尼馬蒂斯的最佳選曲、祖賓・梅塔（Zubin Mehta）指揮的荀柏格（Schöneberg）的〈淨夜〉、Kenny Burrell 的 Stormy Sunday、艾靈頓公爵（Duke Ellington）的 Popular Ellington 、Trevor Pinnock 的 Branbenburg Concertos、 Like a

Rolling Stone 的巴布・狄倫等。

44 見村上春樹著，賴明珠譯，《舞、舞、舞》（上），台北：時報，1997，頁119。

45 村上春樹著，賴明珠譯，《海邊的卡夫卡》（上），頁225。

46 村上春樹著，賴明珠譯，《世界末日與冷酷異境》，頁416。

47 同前註，頁489。

48 村上春樹著，賴明珠譯，《海邊的卡夫卡》（上），頁317-319。

49 同前註，頁321。

50 小西慶太著，陳迪中、黃文貞譯，《村上春樹的音樂圖鑑》，台北：知書房，1996，頁295-296。

51 與 "Blowing in the Wind" 同時收錄在一九六三年所發表的專輯 The Freewheeling 中，在將近七分鐘的大作中，藉由小孩子的眼睛對華麗場面的最終印象，生動地演唱出來。歌曲中充滿令人昏眩的隱喻，以及如靈夢般的幻想。其不斷採用敘事曲的演唱方式和絕妙變化的聲音，表現創造了如咒語般的效果。而其表明對悲慘世界的絕望和意志的謹慎控制，更令人產生一種既悲傷又淒美的印象。

52 請參閱村上春樹著，湯禎兆譯，〈村上春樹與美國作家〉，網址：www.geocities.com。2003.5.20瀏覽。

53 同前註。

54 史考特・費茲傑羅著，喬治高譯，《大亨小傳》，台北：桂冠，1993，頁118。

55 村上春樹著，賴明珠譯，《挪威的森林》，頁38。

56 同前註，頁29。

57 同前註，頁44。

58 村上春樹著，賴明珠譯，《聽風的歌》，頁30。

59 村上春樹著，賴明珠譯，《尋羊冒險記》，頁158。

60 同前註，頁158。

61 同前註，頁175。

62 同前註，頁273。

63 同前註，頁276。

64 村上春樹著，賴明珠譯，《挪威的森林》，頁140。

65 見葉桑，〈關於《海邊的卡夫卡》創作秘話〉，網址：
www.geocities.com。2003.7.23瀏覽。

66 請參考令狼沖，〈卡夫卡小說的理性和非理性〉，網址：
www.guxiang.com。2003.7.23瀏覽。

第三章
人物形塑

　　人物是小說的靈魂，在小說的發展過程中有人提出非情節的小說，但是還沒人講非人物的小說，即使主角是動物，也要將牠寫得像人，把牠擬人化。人物的重要性是在：他可以提供情節發展的動機，儘管情節很重要，若沒有動機，故事便無法成立，故此章將重點擺放在人物的分析上，分析了相關的人物類型、心理構造和這些人物的形象究竟代表什麼意義。

第一節　人物類型

　　佛斯特（E. M. Forster）在《小說面面觀》一書中，將小說的人物分作扁平和圓形兩類。以他的說法，「扁平人物」在十七世紀叫「性格人物」，現在有時被稱為類型或漫畫人物。扁平人物依循一個單純的概念或性質而被創造出來。他們一成不變地留在讀者心目中，因為他們的性格固定，不為環境所動，而從各種不同的環境中，更能顯出他們性格的固定。其好處是易於辨認和為讀者所記憶。就好比童話故事或漫畫裏的人物，他們呈現出一種很單純的性格，好人一定呈現一些好的特質，壞人一定呈現一些壞的特質[1]。

　　至於圓形人物則是能在令人信服的方式下，給人

新奇之感，如果他無法給人新奇感，他就是扁平人物；如果他無法令人信服，他只是偽裝的圓形人物。圓形人物絕不刻板枯燥，他在字裏行間流露出活潑的生命。即人物所展現出的理念和性質若超過一種因素，其弧線即趨向圓形。其特色是能使讀者驚奇，具有複雜的人性特質，而人物的複雜性更能產生小說作品的逼真性[2]。

上述關於扁平人物和圓形人物的說法，與村上小說中的人物相對照，可以看出其小說中的人物是偏向扁平的。雖然扁平人物在成就上無法與圓形人物相提並論，且較不符合現實世界，難有生動逼真性，但是扁平人物也並非一無是處，像佛斯特就認為狄更斯（Dickens）所創造的雖是一群簡單易辨的類型及漫畫式人物，獲得的效果卻絕不單調、枯燥，他們反而饒富人性深度。

從村上小說裏，這些為數不多的人物可以化約為四類，這些角色經過村上一部部作品的累積，於是有了固定的模式，或相同的遭遇和背景，或相同的思維模式等。由於形象已經固定下來，所以人物不受環境的影響和改變，讀者於是可以輕易地辨識出來，這就是村上式的人物，也可以使每一類人物擁有清晰可辨的功能，這將有助於建立情節結構。故於此節中先羅列這四類人物的背景、樣貌和特質。

一、「我」

　　這是村上小說中的主人翁，在《聽風的歌》、《1973 年的彈珠遊戲》、《尋羊冒險記》和《舞、舞、舞》中指的是同一個人。故先以這四部小說中的「我」為藍圖，再看看和其他小說中的主人翁有什麼相似之處。關於這個角色在《尋羊冒險記》中有一段這樣的自我介紹：

　　在平凡的城市中長大，從平凡的學校畢業。小時候是個話很少的孩子，成長之後，則變成一個無聊的孩子。遇見一個平凡的女孩，談了一個平凡的戀愛。十八歲那年上大學到東京來。大學畢業之後和一個朋友兩個人開了一家小小的翻譯社，總算靠這個可以糊口過日子。三年前也開始做一點 PR 雜誌和廣告有關的工作，這方面也還算順利成長。和一位在公司上班的女孩認識，四年前結婚，兩年前離婚。理由一言難盡。養了一隻年老的雄貓。一天抽四十根香菸，怎麼也戒不掉。擁有三套西裝和六條領帶，還有褪流行的唱片五百張。Ellery Queen 的小說犯人我都全記得。普魯斯特的《追憶似水年華》我也有全套，不過只讀了

一半。夏天喝啤酒、冬天喝威士忌。[3]

於此，可以畫出一個從十八歲至三十來歲的人物形象。十八歲到三十來歲原本是人生最精華的歲月，但從中看到的卻是平凡和孤獨的形貌。所謂「平凡」，除了他自述的之外，也可以從他在職業上的狀況看得出來，因為「我」從事的既不是什麼創造與生命意義有關或是具有成就感的事業，反而是「文化上的鏟雪」、「從左手換到右手」的狀況。至於「我」的孤獨則體現在愛情、朋友、婚姻上。

對照其他部小說中的「我」也有類似的形象。例如《世界末日與冷酷異境》中的「我」：「……我只不過是個實實在在的自由業計算士啊。沒有什麼特別大的野心和欲望。沒有家人、沒有朋友、沒有女朋友。只是一個想多存一點錢，等退休之後，想學一點大提琴或希臘語，度過悠閒的老後生活而已……」[4]《挪威的森林》中十八歲的「我」（渡邊），在回憶他死去的高中好友時也曾說：「還有他為什麼會選我當朋友呢？我也不明白那理由，因為我是個喜歡一個人讀書、聽音樂，算起來很平凡而不顯眼的人……」[5]而在直子心中也只不過是這樣的印象而已：「而且我想關於直子的記憶，在我心中變得愈薄，我似乎變得愈能夠深入瞭解她了……想到這裏我傷心得不得了，

為什麼呢？因為直子甚至沒有愛過我啊！」[6]

　　至於在《發條鳥年代記》中的「我」，是個三十歲又兩個月大的男人，曾經在割草公司打工，目前正從律師事務所的工作中失業，所謂「律師工作」，也不過是做類似律師之類的跑腿工作，到公家機關或政府機關蒐集各種文件、整理資料、查判例、辦法院事務手續的事而已。辭職之後三個月，幾乎不曾到「外面的世界」。接著結婚六年的太太沒有理由地離家出走，這時他回想到，最初和妻子是「兩個孤獨之人」的結合：「我擁有獨生子特有的孤僻。想要認真做什麼的時候，喜歡一個人去碰著做。與其必須向別人一一說明讓人瞭解，不如自己多花一點時間多費一點事，一個人默默做掉比較輕鬆。久美子也自從姊姊死掉以後，對家裏的人封閉起自己，幾乎都是一個人活下來似的，即使有什麼事，她也不會跟家裏的什麼人商量。在這層意義上是跟我類似的同類。」[7]另外，他在綿谷昇（久美子的哥哥）眼中是個沒意義、沒有重要性的人，所以綿谷昇不僅沒有正眼瞧過他，更以帶有鄙夷的語氣評論他：「我從第一次見到你的時候開始，就對你這個人沒有抱過任何希望。從你這個人身上，看不出任何想要好好達成什麼，或者想把自己培養成正常人之類積極向上的要素。那裏既沒有原來就發光的東西，也沒有什麼想讓自己發光的東西……你

這六年之間（和久美子結婚以來）所做的事，說起來只有把上著班的公司辭掉，為久美子的人生添加麻煩而已。」[8]

於此可見，村上小說中的「我」，不論是十八歲的大學生或是三十多歲的上班族，都有相似的生活、生長背景，這麼一個扁平的人物形象，乃極少朋友、缺乏溝通、生活感情貧乏、沒成就什麼特殊事業之人。其實這個樣貌在《聽風的歌》中就有一個很明顯的介入點了：

> 小時候，我是個話非常少的少年，父母親很擔心，就帶我到認識的精神科醫生家裏去……每星期一次，禮拜天下午，我坐電車轉巴士到醫生家，一面吃些咖啡捲、蘋果派或薄煎餅，……一面接受治療……所謂文明就是一種傳達，他說（精神科醫生）。如果有什麼不能表達的話，就好像不存在一樣。好不好？零噢……醫生說得很對，文明是一種傳達，如果失去可以表現、傳達的東西，文明便結束。卡嚓……OFF。十四歲那年春天，難以相信地，就像決了堤似的，突然開始說話。雖然說什麼已經完全不記得了，但像要填滿十四年的空白一樣，我花了三個月時間，不停地說，直到七月中旬，說完的時候，發燒到四

十度，連續三天沒上學。等熱度退了以後，我變
成一個話不多也不少的平凡少年。[9]

既平凡又沒有親情，也沒有穩定和可以持續分享的友
誼，「我」只能自外於社會，獨自以自己的步調活
著；或是一個無端由失去妻子或女友的「我」，除了
守住那間公寓之外，誠然和所有的人都沒有互動。

二、作為「我」分身的男性

代表人物有老鼠、五反田、永澤、木漉、綿谷昇
等[10]。他們共有的背景和特質分別是：

第一，是「我」少數可以談得來而且是學生時代
的朋友。「我」和老鼠因為「小事」成為高中時期的
朋友，上大學之後的暑假回到家鄉，和他過了一段荒
唐的生活，以及談論書本、寫小說和女人的事。
「我」和五反田亦是高中時期的同學，兩人因為做物
理實驗分在同一組而熟識，後來五反田成為電影明
星，「我」則常去看他主演的電影，而當「我」想要
詢問關於在《單戀》一片中和他主演對手戲的奇奇的
下落而再度聯絡，之後兩人常碰面，一起喝酒，談到
日常生活中或離婚老婆的事，五反田認為他的朋友只
有「我」了。而「我」和永澤是因住同幢宿舍而結

識，成為朋友的過程是這樣的：

> 我們同住一個宿舍，算來只是互相認得對方臉的
> 關係而已，有一天我在餐廳，照得到陽光的地
> 方，一面曬著太陽，一面讀 *The Great Gatsby*
> 時，他就到我身邊坐下來，問我在讀什麼。*The
> Great Gatsby* 我說。他問有趣嗎？我回答說這是
> 從頭讀第三次了，但每次重讀有趣的部分就更增
> 加。「能讀 *The Great Gatsby* 三次的人的話，應
> 該可以跟我做朋友。」他好像在說給自己聽似
> 的。於是我們變成了朋友……之後兩人交談的內
> 容包括作家和女孩子睡覺的事以及關於女友的事
> 等。[11]

至於「我」和木漉（Kizuki）也是高中好友，那時他們
常和直子做三個人的約會 [12]：

> Kizuki 和直子和我三個人。想起來雖然有點奇
> 怪，但結果那樣是最輕鬆、最順利的。第四個人
> 插進來時，氣氛就有些不對勁。三個人的時候，
> 簡直就像我是來賓，Kizuki 是能幹的主持人，直
> 子是助手的談話節目一樣。每次 Kizuki 都是座上
> 的核心人物，他很擅長這樣。Kizuki 確實有冷嘲
> 熱諷的傾向，別人往往會覺得他傲慢，但他本質

> 上是個親切而公平的人。三個人的時候他對直子
> 和我都一樣公平地談話、開玩笑，用心不讓哪一
> 邊覺得無聊……[13]

由此可見 Kizuki 待「我」之特別，甚至他要自殺前，
最後想見到的人是「我」而不是直子。

　　第二，外在條件佳，不僅生長於富裕的家庭，就
連外貌和才情都有吸引人之處。以《發條鳥年代記》
中的反派角色——綿谷昇為例。其父雖然是來自新潟
的農家子弟，但仍靠著自己努力畢業於東京大學，然
後成為任職於運輸省的精英官僚，因此可以給綿谷昇
極優渥的生長環境，且綿谷昇在家人有意的栽培下，
他畢業於東京大學經濟系，接著到耶魯大學研究所進
修兩年，然後回到東大任教。之後寫完並發表了一本
很厚的關於經濟的專門書籍。媒體將之視為新時代的
英雄來介紹，尤其面對他既年輕又單身（結婚又離了
婚）、頭腦清晰得可以寫出一些莫名其妙難解的書
時，有著無窮的吸引力。而當他在面對媒體時的表現
是：

> ……適合這樣華麗的工作……他竟然把自己被賦
> 予的角色扮演得令人咋舌地漂亮……上電視時的
> 綿谷昇身上穿著看起來很花錢的手工良好的西
> 裝，繫著和那完全搭配的領帶，戴著高級玳瑁邊

的眼鏡。髮型也改成摩登的現代風格……在攝影機前，他的動作舉止可以說是沉默寡言。有人詢問他的意見時，他會用簡單的語言，易懂的邏輯，適切明確地陳述意見，當人們大聲爭論時，他總是冷靜地待機。不被挑撥所動搖，讓對方把想說的話儘量說完之後，最後再一語道破推翻對方的論點說詞……綿谷昇在電視這個大眾媒體中找到了完全適合自己活動的場所……他確實有才氣、有才能，這點我也承認。[14]

　　第三，內心處於嚴重失衡的狀態，促使最後的下場都很慘。老鼠這位富家子弟既瞧不起有錢人，也鄙棄自己的身世，在「我」的眼中，他的心情日益低落，接著便自動從大學中退學，也和交往的女人分手，更甚者他逃離了家鄉，來到北海道偏僻的牧場，最後上吊身亡。而五反田亮一這個亮眼的電影明星，處在和離婚妻子之間的矛盾情結，另外這樣受歡迎的公眾人物的身分，卻使他沒有可以談心的朋友，而處於孤獨之中，再且也無法看清自己，連自己殺了奇奇也不自知，最後謎底揭曉時，便開著他的愛車衝入海裏自殺了。

　　永澤則在他光鮮的外表和到處受歡迎的狀況下，卻有著不相稱的內在，這一點「我」倒是看得滿清楚

的：

> 永澤兄這個人以極為極端的形式同時擁有若干相
> 反的特質。他有時候會溫柔得連我都感動，同時
> 又壞心眼得可怕。一面擁有令人驚訝的高貴精
> 神，同時又毫無救藥的世俗。一面率領著人家樂
> 天地往前衝，內心深處卻在陰鬱的泥淖底下孤獨
> 地翻滾。我對他這種內心的背反性，從最初開始
> 就很清楚地感覺出來了……這個男人抱著自己的
> 地獄活著。[15]

像這樣的失衡性格，可以從他和女性之間的關係得到
印證。他面對那位既美麗又有氣質且非常愛他的女友
（初美）時，他呈現了絕對自私的心態：「總之，我
不想跟任何人結婚，這件事也對初美說清楚了，所以
嘛，如果初美想跟別人結婚，我不阻止，如果她不結
婚，要等我也可以。」[16]另外他也向初美坦承自己有
「一夜情」的習慣，然而面對這原本應是親密的交
合，他並不是真心地想跟對方睡覺，他認為這一切不
過是單純的遊戲而已。其實他也瞭解自己已經到了麻
木不仁，甚至是厭惡自己的狀態了：「『你〔渡邊〕
如果覺得這樣很空虛的話，證明你還是個正常人，那
是值得高興的事。』他說，『到處跟不認識的女人睡
覺什麼也得不到。只有感到疲倦，變得討厭自己而

已。』」[17]

三、心靈嚴重受創的女性角色

屬於這類角色的代表人物有：直子、玲子、雪、雨、泉、島本、笠原 May、久美子和佐伯等[18]。

她們共同的處境、特質在於——她們在成長中，都發生了決定她們命運、思想的重大事件，於此稍做說明。對於《挪威的森林》中的直子而言，她主要是必須承受叔父、姊姊及男友無端由自殺的景象，她曾經這麼地細數了姊姊自殺的事情。一來，是沒有原因和預警的：「她為什麼會自殺，誰都不知道原因。就跟 Kizuki 的時候一樣。完全一樣噢。年齡也是十七歲。直到那之前都沒有一點會自殺的跡象，也沒有遺書——一樣吧？」[19] 再來，她是第一個發現姊姊屍體的：「那是小學六年級的秋天。十一月。下著雨，是陰沉沉的一天噢……我走上二樓，敲敲姊姊的房門，然後喊道吃飯了。可是沒有回答，靜悄悄的……她站在窗邊，脖子有點這樣的偏斜一邊，一直望著窗外。好像在想事情似的……脖子上有一條繩子。從天花板的橫梁筆直垂下來的繩子——那個啊，真是筆直得讓人嚇一跳的程度噢，簡直像用尺在空中咻的畫一條線一樣……這一切，我詳詳細細地全部都看見了噢。還

有臉，臉也看見了呢……我的意識想到我必須趕快下
去，身體卻自己移動想把姊姊的身體從繩子上移開
喲。但當然那是小孩子的力量所辦不到的，我想我在
那裏大概發呆了五、六分鐘吧，失心狀態……我一直
在那裏喲。在那又黑又冷的地方……」[20] 就這樣一個幼
小的心靈必須直接面對這種情景。

　　《國境之南、太陽之西》中的泉是「我」高中時
期交往的女孩子，泉一直沒有辦法和「我」心靈相契
或是做身體上的交合，相對的，「我」卻和泉的表姊
上了床。《世界末日與冷酷異境》中的兩個圖書館女
孩子亦同，一個是目睹了丈夫在巴士內遭人毆打致
死，而自己成了寡婦；另一個則是遭到母親遺棄，然
後被迫和自己的影子分離。至於《海邊的卡夫卡》中
的佐伯小姐，很顯然在男友死了之後，掉入了和之前
兩人相處契合、甜蜜的極大落差中。

　　《發條鳥年代記》中的笠原 May，曾與男孩子共
乘摩托車出外遊玩，由於舉止瘋狂，以致發生車禍，
男孩子死了，她卻存活了。其中的第一女主角——久
美子，更有使其心理發生障礙的事件，除了三至六歲
被父母遺棄在鄉下祖母家之外，後來更目睹了唯一可
以令她敞開心扉的姊姊被哥哥的暴力逼死，而自己也
一直活在被哥哥玷汙的陰影之中。對於這整個如迷霧
般的狀況，被「我」揭開了真相，其情形是這樣的：

　　還有妳姊姊並不是中毒而死的。她是因為別的原
　　因死的，我想。是綿谷昇使她死的，而妳知道這
　　個。妳姊姊在死以前，應該有對妳說什麼。應該
　　有給妳留下類似警告的話。綿谷昇可能擁有什麼
　　特別的力量。他對加納克里特可能相當暴力地使
　　用了那力量。加納克里特總算能夠從那裏復元
　　了。但妳姊姊卻不行。住在同一個屋子裏，沒地
　　方可逃。妳姊姊無法忍受那個而選擇了死。
　　綿谷昇可能一直在靜靜地等那個在妳身上發生。
　　因為他可能只能以那樣的形式和女性產生性的交
　　流。所以想把那種傾向表面化後的妳，從我這邊
　　強拉奪回自己那邊。他無論如何需要妳。綿谷昇
　　需要妳繼承妳姊姊所扮演過的角色。[21]

這些角色就在這樣的心靈重創之後，獨自一個人懷抱
著這些問題，因此呈現出不合群、孤獨、反社會的性
格。如是的孤獨與人無法溝通，最嚴重的狀態便是
「失語」。這一點在直子、久美子和佐伯身上最為顯
著，直子就曾經明言她無法使用正確語言的情狀：
「……就是想要說什麼，每次也只能想到一些不對勁
的用語。不對勁的，或完全相反。可是想要修正時，
就更混亂而變得更不對勁，這樣一來也變成搞不清楚
自己最初到底想說什麼了。感覺簡直像自己的身體分

開成兩個，在互相追逐一樣。正中間立了一根非常粗
的柱子，我們一面在那周圍團團轉著，一面互相追逐
噢。正確的語言總是由另一個我擁有著，這邊的我卻
絕對追不上。」[22]

四、靈媒

　　村上小說中的主人翁常陷於一團迷霧中，因此情
節的轉折和契機，便有賴具有聯繫功能的角色，才能
使情節順利地往下發展。其中最原始、而且最具代表
性的莫過於羊男了。這是一個在《尋羊冒險記》、
《舞、舞、舞》中登場的人物。他的外表矮小、駝
背、腳彎曲，從頭到腳套著一件羊毛皮，頭部甚至還
附著兩個耳朵。據他自己說，他是因為不想打仗，才
藏匿在這個偏僻的牧場中，然後就走不出去了。他在
《尋羊冒險記》的最後突然第一次現身，和「我」展
開對談、交流。在《舞、舞、舞》中則是隱身在海豚
飯店異次元的空間（海豚旅館）中，以等待「我」的
出現。由此可見羊男並非現實中的人物，所以村上故
意使羊男以笨拙的外型和來歷現形，讓他對小說中的
現實感造成衝擊，這樣的突兀正可顯現他特殊的地位
和作用。
　　在考察小說情節的進展後，首先，看到羊男擁有

特異的能力 ，一來可以將身體借給老鼠，再則可以隱
身在異次元空間中靜靜等待「我」的出現。其次，便
是使「我」和其他角色之間得以順勢地連結，好讓
「我」可以循著線索摸清那些難解的問題。如此的
「聯繫」功能在《舞、舞、舞》中是有明言的：「在
這裏我的任務是聯繫。你看就像配電盤一樣啊，把各
種東西聯繫起來。這是總結點——所以我就聯繫下
去。為了避免失散凌亂，好好地、緊緊地繫起來。這
是我的任務啊。配電盤。聯繫。你有所求，我把有的
東西繫上。明白嗎？」[23]

　　然而羊男究竟聯繫了什麼呢？在《尋羊冒險記》
中是「我」與老鼠。羊男使「我」感受到老鼠的存
在：「愈想愈覺得羊男的行為正是反映著老鼠的意
志。羊男把我的女朋友趕下山去，留下我一個人。他
的出現一定是什麼的前兆。我周圍確實在進行著什
麼。」[24]而老鼠則是透過羊男的身體，使其靈魂得以告
知「我」他上吊自殺的原因。

　　在《舞、舞、舞》中則是羊男使「我」和各式各
樣的人相遇，包括：Yumiyoshi（海豚飯店的女服務
生）、被母親丟在飯店的十三歲少女——雪、雪之母
（名攝影家）、雪之父（名小說家）、May 和 June
（高級應召女郎）、五反田（高中同學）、獨臂詩人
（雨的愛人）等；在這之後便逐漸知悉奇奇遇害了，

且在海豚旅館中發出求救之聲，以及五反田不得不殺死奇奇的宿命。在事情明朗之後，再藉由和 Yumiyoshi 的交媾，「我」才得以重返現實世界。

接下來的作品羊男便不再出現了，但同性質、同形象的人物仍舊留存在村上的小說世界中，只是稍加變形而已，例如：《發條鳥年代記》中的加納馬爾他、加納克里特和納姿梅格，《舞、舞、舞》中的奇奇、《海邊的卡夫卡》裏的櫻花等。她們一樣有神異的感受力或預知的能力，然後使「我」的混沌轉為明朗，其中以加納馬爾他姊妹兩人的作用最鮮明。加納馬爾他是個擁有特異能力的女性（還在馬爾他小島上修行了好一段日子），最初是在受久美子之託來尋找他們家中走失的貓的情形下登場，於是和「我」開始有了接觸，而且向「我」預言除了此事之外，還提供了許多線索。在受託於久美子的這一層意義上，是想要讓「我」知道「貓的失蹤」是久美子即將離家出走的徵兆，因為在此書中「貓」可以說是久美子的象徵，因為貓是久美子一生中真正想要擁有、是屬於自己的東西：「……如果你想養貓的話，只要自己選擇可以養貓的人生就好了……」[25] 然後等到失蹤的貓回家之後狀況便開始好轉，接著有關久美子的訊息便愈來愈強了。至於關於預言一事，在「我」和加納馬爾他第一次見面時，她便言及：「我想從現在開始會有一

段時間，將會有許多事情發生在你身上，貓的事恐怕
只是個開端而已。」[26] 果不其然，一切就從「貓失蹤」
揭開了序幕。由於這樣的預知能力，所以在情節中加
納馬爾他每一次與「我」的通話，都可以看到「我」
和久美子當下處境的轉變，例如：當久美子沒有回家
的隔天，「我」接到她打來的電話，說到找回貓已是
不可能的事了——「我想除非有什麼重大的意料之外
的事發生，否則大概不會再找到貓了。雖然覺得很抱
歉，不過我覺得你們還是放棄比較好。貓已經走了。
我想貓大概不會回來了。」[27] 至於加納克里特則是加納
馬爾他的妹妹，她總是一身一九六〇年代的化妝和髮
型。由於「痛」的緣故，二十歲時決定自殺，不過卻
失敗了。在自殺未遂之後，因為金錢上的困擾而當起
了應召女郎，卻也因此接近原來應有的形貌，而解除
了身上的「痛」，並成為姊姊的靈媒，就這麼為她工
作。她總是在特殊的造型和能力之下，在夢中多次和
岡田亨連接，就在二〇八號室中，她身著久美子的淺
藍色洋裝，透過性器一點一點地潛入他的體內，以及
化身做電話中神秘女子的聲音安慰著他：「把一切的
一切都忘了吧——就像睡覺一樣，躺在溫暖的土裏一
樣。我們都從溫暖的土裏來的，終究還要回到溫暖的
泥土裏去嘍。」[28] 加納克里特就這麼和久美子與神秘女
子的影像重疊，其實這些都是久美子的心音，希望藉

由她的出現透露訊息給岡田亨。

第二節　人物心理的刻畫和層次

　　由第一節中歸納出村上小說世界中有四種類型的人物，村上如此不避雷同地反覆刻畫，且故意安排出極其平凡的主人翁，可見得他有意將重心擺在普遍的「人」身上，尤其和情節相較，它的意圖就更明顯了。因為小說中的情節除了偵探式和科幻味的點綴之外，並不令人感到充滿高潮迭起，他只是順勢將故事說完而已。村上在回顧自己的創作歷程時，想到了《1973 年的彈珠玩具》，他自己解釋這部小說結尾的場景為什麼是「冷凍庫」：

> 事實上並沒有事先設定結局，而是像水到渠成一般地任其發展，例如最後出現的冷凍庫，那是不曉得該去什麼地方才好，寫著寫著最後面臨該去什麼地方的時候，心想冷一點的地方好，寬大空曠的倉庫好。於是形象就自然浮現上來了。[29]

　　欲將焦點擺在人身上，是自文藝復興以來的西方傳統人本主義所關注的中心課題。他們所強調的是「人」，是以個體的「自我」為出發點。法國作家蒙台

涅（Montaigne）說：「我只能研究和考察我自己，即使我研究別的東西，也只是為了將它們應用於我自己。」[30]另外，像存在主義也把人作為思考的焦點，關心的是「我們從哪裏來」、「我們是誰」、「我們往哪裏去」等。與此相同的是，村上也將寫作重心擺在人的身上。之後他進一步的思考乃直指人物的內心，何以見得呢？首先，他在情節中安排了許多人物間既富哲理又抽象的對話；其次，也可以從第一節所論的人物類型中，看出有「重疊性」的設計，這些人的表現雖然是兩極化的，卻呈現出好比同一個人心中不同的意識、不同的人格。而所謂不同人格的展現，就是原我和本我之間的對應。以下便就這三個方面細究之：

一、藉「抽象對話」來凸顯內心

在抽象的對話中可以看到，村上想要探索人物內心的企圖，所以他在這個部分便多所著墨。然而人心那麼隱晦，村上如何將之呈現出來呢？首先指明的便是人心中的深層心理，村上在《世界末日與冷酷異境》中就透過老博士之言來說明，當老博士在研究計算士的腦袋時，他有了這樣的結論：

　　「也就是說那黑盒子就是人類的深層心理了。」

「對……人類每一個人都根據個別的原理去行動……也就是身分問題。什麼叫作身分（identity）？這是指每一個人根據過去體驗的記憶集積所形成的思考系統的獨自性。更簡單地說也可以稱為心。人心各有不同，沒有一個人和別人擁有一樣的心。但人類對自己的思考體系的大部分卻無法掌握……」「所謂思考體系正像這樣……這種精密的程式在你體內已經具備了……但你對那程式的細節原理和內容幾乎一無所知……換句話說，每個人的腦內其實埋葬著像人跡未至的巨大的象的墳場一樣的東西……」[31]

其次，再透過對話中關於「人生的看法」來呈現人的深層心理內容。在《1973 年的彈珠玩具》中，「我」因為三把式彈珠台的消失而焦躁不已，焦躁不安的原因則和自信有關，所以「我」遂展開一段尋找的旅程。在這個過程中便有重要的對談內容呈現出來；其中包括了和辦公室女孩的對談：「她在桌上托腮沉思起來。『你很會打彈珠嗎？』『以前是。那曾經是我唯一擁有信心的方面。』『我可什麼都沒過。』『那妳就可以免於失去啊！』……『據說有一天會失去的東西沒有意義，該失去的光榮也不是真的光榮。』」[32] 以及在最後時「我」和擬人化了的彈珠台

之間有這麼一段談話：「……你不玩彈珠嗎？她問。不玩，我回答。為什麼？十六萬五千曾經是我的最高分，妳記得嗎？……你為什麼來？因為妳要我來呀……她點了好幾次頭。那你現在做什麼？翻譯工作啊。小說嗎？不，我說。只不過是一些像每天的泡沫似的東西。把一條水溝的水移到另一條去，如此而已……我們所共有的東西，只不過是在好久以前已經死去的時間的片斷而已。雖然如此，那溫暖的感覺還多少像古老的光一樣，到現在還在我心中繼續徘徊著。而且直到死捉住我，將我再度丟進虛無的坩堝之前的短暫時間內，我還是會伴著那光一起前進吧。」[33] 由此可見，在人的心裏有什麼事物可以讓他覺得是有意義、有成就感的是極為重要的，尤其是可以將這些意義、成就感納為自己記憶的一部分時，因為這才是真正活過的記號。所以在這層意義上就不難知道為什麼他執意要找到這座彈珠台，無論如何都必須和「她」見上一面。其實，他想見的就是自己的內心吧，想要確定自己的價值和自我的內在想法。

　　另外，在《海邊的卡夫卡》中，「我」（田村卡夫卡）懷抱著父親的詛咒離家出走，且在夢境的潛意識中殺死了自己的父親，在一旁的中島先生已經覺知這一切，看出了他內心的巨大衝擊，於是向「我」明示，其實明天以後，本來就是充滿了一連串的宿命、

悖論，所以先擱置這一部分，先安身在這個圖書館裏，再逐步思考接下來決定要做什麼，因爲每一個人都有權決定自己的命運。在這一段告知中談論到的悖論和隱喻相當深刻：「就算這樣，換句話說，就算宿命注定了你的選擇和努力都將歸於徒勞，你確實還是你，不是你以外的任何人。你以你的身分實實在在地往前走。不用擔心。」「你注意噢。田村卡夫卡老弟。你現在所感覺到的事情，很多變成希臘悲劇的主題。並不是人選擇命運，而是命運選擇人……人不是因爲缺點，而是因爲美德而被拖進更大的悲劇裏去的。沙孚克里斯（Sophocles）的《伊底帕斯王》就是顯著的例子。伊底帕斯王的狀況，不是因爲怠惰或愚鈍，而是因爲勇敢和正直爲他帶來悲劇。其中不可避免地產生了 irony——命運的嘲弄。」[34] 而這樣的談話大大地安慰了田村卡夫卡，使他的心情和決定起了很大的變化。類似像這樣極具哲理的話語不斷出現，而人物的心理波動便在其中起伏著。

二、重疊性人物及其人格

　　首先，是同一個人物身上呈現出分裂的兩種意識。其中最典型的莫過於《世界末日與冷酷異境》中的兩個「我」，在最初看似兩個完全不相關的敘述線

中，隨著情節的進展便逐漸合流了，因而其中一個是
意識中的我，一個則屬於潛意識中的我，這樣的設計
一樣藉由老博士之口，有了明確的說明：「也就是說那
是你的意識之核。你的意識所描繪的東西是世界末
日，我不知道你為什麼會把那種東西秘藏在意識底
下。但總之，就是這樣。在你的意識中世界已經結
束，反過來說，你的意識活在世界末日裏面。在那個
世界裏，現在這個世界應該存在的東西大都欠缺。那
裏既沒有時間也沒有空間的延伸，沒有生也沒有死，
也沒有正確意義上面的價值觀和自我。那裏獸控制著
人們的自我。」[35]村上就這麼試著將自己體內的東西切
開，雖然這是一件困難的事，但卻是他想要戮力為之
的，關於他的嘗試，賴明珠在該書的譯序中做了說
明：

> 在《世界末日與冷酷異境》中，他非常坦誠而用
> 力地試圖「切開」自己。看他如何把頭腦切成左
> 腦和右腦分別使用，把自己切成肉身和影子各自
> 獨立行動，試圖捕捉意識與潛意識的流動移轉，
> 試圖揣摩心和無心的不同境界，試圖探索愛和夢
> 有無分際，生與死，不死與永生的可能，試圖穿
> 梭於不同時間和空間之間，界定人生的完全與不
> 完全……[36]

其次，在其他小說中，雖然沒有像在《世界末日與冷酷異境》書中這樣，將同一個人切開成「意識與潛意識」、「左腦和右腦」的情形，但村上仍試圖使「我」和數位男性角色間，呈現出他們就是同一個體的一體兩面。所以「我」和這幾個男性之間會認為彼此就是對方唯一的好友、是心靈最能相契的靈魂 [37]，縱使是個性迥異者之間亦然。在《舞・舞・舞》中「我」是這麼看待五反田的：「我是五反田君的。他是我唯一的朋友，也是我自己，五反田君是我這個存在的一部分。」[38] 如此明白說到他就是「我」的一部分。另外，在《挪威的森林》中的「我」（渡邊）和永澤，雖然兩人在性格以及對於性愛觀念上有極大的差異，但卻也因為內心相契的緣故而成為莫逆之交。

再來，甚至是互相仇視的敵對角色，也有彼此就是意識中一部分的跡象。就像《發條鳥年代記》中的「我」（岡田亨）和綿谷昇兩人。一來在於他們兩人都曾和加納克里特發生極深刻的性關係：一個是發生在現實的恐懼中，一個則是在意識的歡娛裏。前者指的是發生於綿谷昇在加納克里特當應召女郎時，這一次的性關係使她與污辱的暴力感覺聯繫起來。

就後者而言，指的是岡田亨和加納克里特之間所發生的關係，他們之間的性關係是發生在夢中的二〇八號房，整個過程既清晰又具有真正的快感：「她像是

騎在身上似地跨上來，拿起我變硬的陰莖便滑溜溜地
導入她體內。然後等進入深處之後，便開始慢慢扭動
腰部……她的陰部既溫暖同時又陰冷。那把我包進
去、誘進去，同時又往外推。在那裏頭，我的陰莖變
得更硬、更大，簡直就像要破碎掉了似的……那是超
越性欲和性的快感之類東西以外的什麼……」[39]而根據
加納克里特的說詞，這和綿谷昇帶給她的污辱感不
同，她與岡田亨的相交是以正當的目的、以正當的方
式進行，在那樣的相交中，她並沒有受到污辱。因此
相對於綿谷昇純粹在肉體上的逞欲，這便是意識與非
意識之間的對列。

　　另外，岡田亨有兩次在井中的夢境中見到了於媒
體上出現的綿谷昇；一次是綿谷昇西裝筆挺地發表了
一個左右人們命運的重大事件，是與欲望的根相連的
議題。第二次是鏡頭在播報「眾議院議員綿谷昇氏被
暴徒襲擊身負重傷」的新聞，而報導中的歹徒形貌與
他極其吻合──「深藍色短大衣，深藍色滑雪用毛線
帽，戴深色太陽眼鏡，身高約一七五公分，臉頰右側
有斑痕似的東西，年齡推測大約三十歲左右」──這
樣兩次夢中的清晰景象，都像是綿谷昇在針對他這一
個人作用一樣。像這樣將另一個角色設定爲某一個人
物潛意識中的部分，還包括了《海邊的卡夫卡》中的
中田老先生之於田村卡夫卡。田村卡夫卡滿身血跡地

從神社後面醒來時，就是中田老先生殺死他父親的時候。且佐伯小姐透過中田保留了她最甜美的記憶的同時，也就是佐伯在秘林和田村卡夫卡對談交流之時，此時她希望田村卡夫卡再回到入口，然後毫無疑惑地走出去，為的是可以替她保留那一幅象徵她記憶的「海邊的卡夫卡」之畫作。另外當然也使用了使他們兩人各據情節的一線，然後再合流的慣用手法，合流於甲村圖書館，以及他們兩人同時出現在「海邊的卡夫卡」的畫作之中。其他的例子還有《人造衛星的情人》中的妙妙之於小菫，以及《挪威的森林》中的直子之於綠。

三、原我和自我之間的對應

面對這樣具有重疊性質的人物，恰可以由弗洛伊德的精神分析理論來探討。他認為人類的心靈有兩種結構方式，從行動（包括思想、感情）方面來考慮時，它可以分為潛意識（unconsciousness）、前意識（preconsciousness）及意識（consciousness）三個層面；從人格方面來考慮時，它則可以分為原我（id）、自我（ego）及超我（superego）三個部分 [40]。如同上述，當村上創造出像《世界末日與冷酷異境》中關於潛意識及意識中的兩個「我」，或者使不同角色同時呈

現「我」的一體兩面，其實就是弗洛伊德所說的，乃是一個人心中不同人格的展現，就好比是現實中的人，都不可能是極善或是極惡的單一人格，像這樣複雜人格的呈現，便揭露了人生中最大的真實性。同時也修正了扁平人物太過於單調、不真實的缺點。

於此，先來簡單區分原我和自我之間的差異，再看看村上如何將這樣的差別表現在人物的描述上。原我（id）是潛意識中一股強大的力量，也是我們所有熱情、本能、習慣的來源；它百分之百受「享樂原則」的支配，所以不理會現實，它唯一的興趣是不計一切代價來滿足本身的需求，總之它完全不開化、非常貪婪，只對自己的需求、欲望感到興趣。至於自我（ego），它一部分是屬於潛意識，一部分是屬於意識，相對於原我不受約束的本質，它在本質上是文明的產物。所以它可以依照現實的原則來注意環境的變遷與要求，好讓我們努力去順從它們，故它是心理上的理性和健全世界的創造者。如此看似矛盾的原我和自我，卻同時存在每個人的心理上，那些無法無天的原我欲望和自我的道德觀念永遠是劇烈地衝突[41]。

從上述第一節所探討的人物的類型來看，相較於「我」的那幾個男性角色，恰是原我和自我的相應，而這也正符合第二節所述那些具有重疊性的角色。首先，以最具強烈對比的岡田亨和綿谷昇為例，相較於

岡田亨現形的場所，綿谷昇的出現是比較隱晦的，即
使是象徵他兩次對群眾施展壓制（在媒體上接受訪問
與演說），都是透過岡田亨的夢境呈現出來：

> ……黎明之前我在井底做夢……一個擺在寬闊門
> 廳中央的大型電視畫面上，正映出綿谷昇的臉。
> 他的演講現在才正開始……綿谷昇正朝著鏡頭開
> 始談什麼。那背後的牆上掛著很大的世界地圖。
> 門廳裏有令人感覺超越百人以上的人數，沒有一
> 個例外地都靜止不動，以認真的臉色側耳傾聽他
> 的話……[42]

這樣的出場都不是在現實中的，因此好比潛意識之於
意識是比較隱晦的。

另外，村上還特別強調了綿谷昇這個角色的強大
權力和壓迫力，所以小說中的他出場的次數和時間並
不多，但村上還特地讓他扮演在媒體前面的華麗角
色，讓讀者更感受到這個人物的特質，而如此權力的
展現，正可以由大眾服膺於他的演講和形象清楚地感
受到，因為綿谷昇的演說內容即使是構不成話，但在
他戰略的運用下，仍掌握住煽動大眾情感的訣竅，讓
大眾無法識破他的侵略性。如此的臣服，最傳神的在
於當「我」在井底成功地穿越牆壁來到二〇八室之
後，所看到的電視畫面：

> 視線轉回來時，電視畫面上大大地映出看過男人
> 的臉。那就是綿谷昇的臉哪⋯⋯「眾議院議員綿
> 谷昇氏被暴徒襲擊身負重傷⋯⋯」到底是誰用球
> 棒毆打綿谷昇呢？犯人外表的特徵和我一模一
> 樣⋯⋯有一個女人忽然眼睛轉向我⋯⋯然後旁邊
> 的禿頭男人也追隨著她的視線看到我這邊來⋯⋯
> 一個又一個地，人們轉向我這邊⋯⋯我沒有用球
> 棒毆打綿谷昇。我不是會做那種事的人，而且首
> 先我已經沒有球棒了。但他們大概不會相信我的
> 話吧。他們完全相信電視所說的⋯⋯[43]

似乎表示，在座的大眾都深信，他們喜愛的年輕偶像
已經被這個身著藍色短大衣的三十歲男子襲擊了，這
樣的深信也就是建構在他平日的權威和權力中。

　　綿谷昇正是岡田亨意識中不受約束的權力、欲望
的原我（id），所以綿谷昇還表現出強烈地壓迫著書中
的幾個角色。首先是對「我」，雖然「我」和綿谷昇
只有兩次對談，且綿谷昇一直當「我」就像垃圾一樣
沒用、不存在，但在這僅有的兩次互動中，留予
「我」的卻是洗脫不掉的厭惡感。

> 　　我對綿谷昇的心情從那時候到現在幾乎沒有變化。
> 現在和那時候一樣，還繼續感覺到對他的氣憤不
> 平。那好像是些微的發燒一樣一直留在我身上。我

> 們家沒有擺電視機。但奇怪的是，我到任何地方眼
> 睛只要忽然轉向電視畫面，經常那上面都映出綿谷
> 昇正在發言談著什麼。而在什麼地方的候客室，拿
> 起雜誌翻閱時，每次上面都刊登著綿谷昇的照片、
> 綿谷昇的文章。甚至令我覺得簡直就像綿谷昇在全
> 世界的每一個轉彎角上埋伏著等候我似的。[44]

另外，在現實生活中亦有類似的壓迫情形，當「我」
租下豪宅，想要藉此找尋久美子的下落時，綿谷昇便
不斷派人來施壓。

　接下來便是壓迫著久美子以及加納克里特兩人。
自從久美子親眼看到綿谷昇一邊拿著死去姊姊的衣服
一邊在自慰時，綿谷昇所散發的欲望以及那種暴力的
壓迫感便深植在她內心，甚至變成她體內的一部分。
後來綿谷昇想要久美子繼承姊姊的身分，所以連她已
經結婚了都不願意放過她。至於加納克里特的部分則
是發生在她當應召女郎時，綿谷昇以客人的身分和加
納克里特見面，該次的經歷令她恐懼不已，這樣近乎
性虐待的狀況在她心理埋下的陰影是：

> 那以後的幾天之間，我〔加納克里特〕活在身體
> 好像拆散的支離破碎了的感覺中。走在路上，一
> 直不覺得腳是確實踩在地面上的。吃東西也沒有
> 自己正在咀嚼的感觸。安靜不動時，經常會感覺

到自己的身體好像在既沒有底也沒有天花板的空
間裏，無止境地繼續往下跌落，或被氣球似的東
西拉著，無止境地繼續上升似的恐怖⋯⋯我變成
自己無法和自己的肉體動作和感覺聯繫起來。那
些都和我的意志沒有關係，只是自己愛怎樣就怎
樣隨便亂動似的。那裏頭沒有秩序，也沒有方
向。

不過，事後的不快感覺，在那以後很長的一段時
間仍然像暗影一般糾纏著我。我每次想起那十隻
手指時，每次想起他放進我裏面的什麼時，每次
想起從我體內出來的（或感覺到出來的）黏黏滑
滑的塊狀時，我的心情就無法穩定。感到一股無
處發洩的憤怒和絕望感。我真希望那天發生的事
能夠從記憶中消除得一乾二淨。[45]

由是可以清楚地感覺到，綿谷昇性格中潛藏著不受束
縛的權力、暴力及壓制他人之快感，而這些都是非理
性的，只是遵從他自己的快樂和需求罷了。

　　至於相對於綿谷昇的「我」，可說是人格中的自
我，因為「我」有清楚的意識，這明晰的意識來自於
他對古典音樂、文學的孺慕，一如他在小說中總是可
以信手拈來援引古典小說和樂曲，因此「我」是既理
性又文明。正因為理性，故可以跟綿谷昇相抗衡，這

是一種理智的約制而不是放任性情的。然而，由何可見他與綿谷昇的對抗呢？其一，當久美子離家出走後，綿谷昇約「我」見面來談久美子欲離開「我」身邊的事時，「我」在對談間便一語道破綿谷昇的內在，而令他憤怒不已——「我看著你，忽然想起那低級的島。」我對綿谷昇說，「我想說的是這種事情，某種低級、某種沉澱、某種陰暗，會憑自己的力量，藉著自己身體的循環而逐漸增殖下去。而且在超越某個點之後，誰也無法使它停止下來，即使是當事者想要停止也沒有辦法停下來。」「……我非常知道你其實是什麼樣的人……我非常知道在你那張適合上電視的、光溜溜、大眾化的假面具之下有的是什麼，我知道那裏面的秘密……」[46]之後綿谷昇的臉開始起了奇怪的變化，他的臉逐漸一點一點地變紅起來，而且那紅法也很不可思議。綿谷昇因為被「我」看穿了他的內在而惱羞成怒。

其二，是當「我」租下宮協家的房子時，綿谷昇害怕「我」從中獲悉什麼，便令他的秘書（牛河先生）來加以阻撓，甚至是語帶威脅的，但「我」憑藉著意志力和對久美子的愛護之心不斷地堅持下去，一直到終了為止。而且在整個過程中，可以清楚地看到「我」是如何一步一步的忍耐和抽絲剝繭，如何在現實的狀況下隨著環境而做的努力和改變。

其他像永澤和五反田也是循著「快樂原則」來放任自己的欲望。村上便以其一貫的手法將他們放任和不受拘束的情狀,透過對待女人和感情的方式呈現出來。永澤是安於一而再再而三的一夜情,卻不想專注地面對深愛他的初美;五反田則是在還愛著已經離婚妻子的幌子下,對於招妓歡樂一事樂此不疲。另外,他們也都在事業上呈現毫無道理的一帆風順,然如此不經思索的獲得,卻是令他們鄙夷、不屑一顧的。而相對於他們的「我」呢?那「平凡」的背景、表現、樣貌,就代表一種現實,然後村上藉由「我」和他們之間的情誼,將他們由潛意識中拉回到現實的層面——「我」使永澤必須面對初美的情緒反應,以及她的自殺;「我」則使五反田看清楚自己就是殺害奇奇的兇手,使他最後必須以自殺來爲自己的殘暴贖罪。

第三節 形象意義

一、沒有名字

賴明珠曾經指陳村上春樹的作品予人的觀感是:「很多人承認他的作品風格獨特,只要看一頁甚至一

句就立刻認出是村上春樹的。」其中有一項就是「他的主角沒有名字」：

> 無論男人、女人，在他的小說中往往沒有名字，只以代名詞或符號代替。所以文章都以第一人稱「我」為主角、老鼠（我的朋友）、208、209（雙胞胎女孩）、她、K 等。或以動物名做寓言式或擬人化表示，如羊男、羊博士、象、海驢等。[47]

的確，他對於名字的使用相當特別，這應該有其特殊用意吧。在最初的幾本創作中他都沒為登場的人物取名字，反倒是為所養的貓取了一個「沙丁魚」的名字。直到《挪威的森林》中的人物才開始擁有了名字，以他自己的說法是，因為在此書中開始有了三人關係，因為要對話，所以必須給人物名字，是不得然的情形。在此之後雖然人物是擁有了名字，但他在名字的選用上卻頗有他自己的風味，怎麼說呢？在不得不用名字的狀況下，他讓同一個名字不斷出現，像「渡邊昇」便是。這個名字出現在多部短篇小說中，而這一個一再出現、令人不陌生的名字，據說是經常和他搭檔的插畫家「西安水丸」的本名。其次，可以再看看他為這些人物取了什麼名字？「雨」、「雪」、「May」、「June」、「July」、「納姿梅

格」、「西納蒙」、「加納克里特」、「加納馬爾
他」、「加納科西嘉」等。這些本來是天候、月份、
香料或是海島的名字，和我們常理所認知的名字有極
大的差距。除此之外，在其他生物體的名字之間，彼
此也有互相摻雜的現象，例如，用動物名當人名、人
名當動物名，或 A 動物名當 B 動物名。由此可見一個
實體和名字之間的關係已被他顛覆了。

　　村上曾在《尋羊冒險記》中寫到一段有關名字的
討論。當「我」想在出發到北海道之前，將自己家中
那一隻老貓託給「先生」的司機，「我」和司機之間
展開了這樣的一段談話：

> 「不叫名字……牠〔貓〕只是存在而已。」……
> 「有意志會行動的東西卻沒有名字，這我總覺得
> 有點奇怪。」……
> 「擁有意志能夠依照意志行動，能夠和人類進行
> 情感交流，而且有聽覺的動物，就擁有被取名字
> 的資格是嗎？……那麼就不是在物體上所取的名
> 字，而是功能上取的名字……作為他們被固定在
> 地上的代價，所以給了他們名字……假如，我完
> 全放棄了意義而且被完全固定化在某個地方的
> 話，我也可以被人加取一個了不起的名字嘍！」[48]

在此，司機的觀念代表一般世俗的看法，名字會和實

體以及名聲緊密地連結在一起，而「我」則質疑了這個概念，「我」反而認為名字和實質之間並沒有什麼固定的意義，即不管用什麼名字或者有沒有名字，物的本質和實體都不會因此而改變，所以若可以試著突破傳統的觀念而將外在虛偽的聲名加以忽略的話，就更能著重在個體的實質上，而能夠看清事物的本質。若執意要使用名字的話，反而會被固有的刻板印象制約了。

二、「我」是誰

由是可見，村上想要追求人內在的本質，而不只是那個外在的虛名而已，因此他以「我」來代稱那個他所想要描述擁有本質的人。而這個「我」究竟指誰呢？並沒有定論。他可以泛指普遍的大眾，即只要是符合這個特質的人都可以自行對號入座；也正因為「我」具有普遍性，因此村上自然地拉進了文本與讀者之間的距離，也增加了其小說人物的吸引力與說服力。

然而「我」指的是誰並沒有定論，但應該也有組合成「我」的固定要素才是。其實試問「我是誰」一直是哲學範疇中重要的課題。在曾明的〈「我」在哪裏？〉一文中，便試著對這樣的哲學思考加以探討。

他提到黑格爾（Hegel）在《精神現象學》中有這樣的看法：「協議中表示肯定的『同意』一字，乃是兩個二元個體的『我』自行放棄敵對個體的存在，進而達到疊體的我，此時的我，就等於他，是完全非我的他及外在的我的他的行為。」[49] 其中所謂的非我，指的是我這個個體的思想觀念是來自於環境的，包括家庭、社會等。故簡而言之，我與非我的思想同時存在於我們的思維裏；即有形和無形的我，各種不同角度中的我，都是我的一部分，都是我其中的一種功能；因此在歷史長河中的時間和空間的各式各樣的總和就是「我」。

如此由總和中才能見識到人的全貌，所以村上便在其間多所努力，極力塑造由不同人格組合而成「我」的面目。在第二節中的論述裏，也已經證明了他這樣的作法，他總是由「我」和其他人物的交錯、搭配來進行塑造。在鐘旭的〈妥協與反叛——論村上春樹小說中人物的兩難處境〉一文中，也提及了相似的看法：

　　村上的長篇小說有一個特點，那就是主人公「我」之外常出現一個或多個人物，而這一個人物或多個人物常常對「我」施加各樣的影響，同時又使人感到他或她其實是「我」的化身，代表

了「我」的另一方面。[50]

所以村上在安排人物出場時常常是以「我」爲中心，然後其餘的人物全圍繞著「我」而作用，全是因應「我」的命運而出現，因此多數人物之間是碰不到面的、是沒有交集的。例如，《挪威的森林》中的直子和綠都是和渡邊最有直接關係的女主角，然她們彼此之間完全沒有交涉，她們和渡邊之間發展的情節可以分別獨立出來，即使缺乏其中任何一個故事，仍然可以順利進行。或者像《海邊的卡夫卡》中的櫻花，從頭到尾只有和田村卡夫卡碰過面。另外，按《發條鳥年代記》一書的發展，他這樣安排的意圖就更加明顯了，村上規劃成以多條線路交錯進行，包括：「我」（岡田亨）的現實世界、笠原 May 那七封沒寄出的信、間宮中尉於蒙古沙漠中的大戰經歷、納姿梅格顛三倒四的講述、西納蒙根據記憶所講述的半虛構故事、敘述者爲滿洲一名士兵而主角是西納蒙的獸醫外公、加納馬爾他姊妹的經歷、電腦上隨意讀取的關於「發條鳥年代記」的故事集等；這些交錯進行的故事線都只和「我」有關。

三、孤獨

那麼這些總和的「我」其形象意義為何呢？按照上述第一節的歸納，除了作為角色聯繫外，「我」和其餘人物的形象以及背景，其間共通的特質便是「沒有」。「我」只擁有一個「沒有」的人生：

> 翻開相本一看，她的相片一張不留地全部拿走了。我和她合拍的照片，她只把她的部分整齊地剪下帶走，留下我一個人。我自己一個人的照片和風景照和動物照還原樣不動……我總是一個人孤零零的……簡直就像生下來時，就一個人了，一直也都是一個人孤零零的，而且覺得以後也還會是一個人繼續下去。[51]

即使是公眾人物的五反田和綿谷昇，最終還是落入到「沒有」的境地之中。當五反田扮演像醫生、老師這樣正向的社會性角色而獲得肯定時，甚至他比一般真正的醫生或老師更具說服力，他卻也只感受到自己內心的孤寂：

> 「你不快樂嗎？」
> 「很難回答的問題。」五反田君說……「重要的

是信賴感的問題。正如你所說的。自己不能信賴
自己。觀眾信賴我。但那是虛像。只不過是形象
而已。如果把開關關掉映象消失，我就變
零。」……「……已經搞不清楚真正的自己了。
到什麼地步是自己，到什麼地步是扮演的人物角
色。有時會失去自己。自己和自己的影子之間變
成看不見界線了。」[52]

綿谷昇又何嘗不是如此，他極具群眾魅力又順利當選
參議員，可以說同時擁有了名聲和權力，然而這只不
過是他將自我認定和堅定的基礎，全放在群眾對他的
認定、大眾對他的肯定上，因為顯現在感情及性方面
的暴力傾向，便是他心中充滿不信任及神經緊張的孤
獨象徵。

由是可見，村上極力想要塑造的是絕對孤獨的人
及其故事。在短篇小說《萊辛頓的幽靈》中的〈東尼
瀧谷〉以及〈冰男〉就是村上徹頭徹尾地描寫孤獨的
例子。試以〈冰男〉一篇說明之。

〈冰男〉則是一篇敘述「我」和冰男結婚的故
事。在故事發展的過程中，可以看到冰男的形象是：

他都還坐在和前一天同一張椅子上，以同樣的眼
神投注在同一本書的書頁上。而且接下來的一天
也一樣。天黑之後，夜深之後，他還像窗外的冬

天一樣安靜地坐在那裏，一個人獨自看著書。
我們回東京之後又見了幾次面，終於變成每逢週
末都約會了。但我們既不去看電影，也不去喝咖
啡，連飯都不吃。
為什麼你不談自己的事呢？我想知道你多一些，
你生在什麼地方？雙親是什麼樣的人？經過什麼
樣的過程變成冰男？……我〔冰男〕不知道
啊！……我沒有所謂的過去。我知道所有的過
去，保存一切的過去。但我自己卻沒有所謂的過
去。我既不知道自己生在哪裏，也不知道雙親的
面貌。連是不是有雙親都不知道。連自己的年齡
也不知道。連自己是不是真的有年齡都不知道。
冰男彷彿黑暗中的冰山般孤獨。[53]

這樣的人物描述是極其孤獨的，因為他連自己到底是
什麼樣的人、什麼來歷一點都不知道，甚至在他身上
的時間是靜止不動的，那麼歷史時空之於他一點意義
都沒有，相對的他對於這個世界也是沒有價值、是可
有可無的。

　　從這兩個例子中可以看出，這樣的人物就處在絕
對孤獨的形式中，似乎有什麼離開了他們，不僅親情
遠離了他們，而且從此之後再也無法回到原本安於一
個人的生活之中，只能任憑自己被命運改變，自己面

對著關鍵的事情，然後再也無法和任何人溝通，尤其是面對最親密的人時最令人不忍卒睹：

> 現在我幾乎沒有留下所謂心這東西了。我的溫暖極其遙遠地離我而去。有時候我甚至已經忘了那溫暖了。但總算還會哭。我真的是孤零零的一個人，置身在全世界中比誰都孤獨的地方。我一哭，冰男就吻我的臉頰。於是我的眼淚就化成冰。於是他把那淚的冰拿在手中，把它放在舌頭上。嘿，我愛你喲。他說。這不是謊言。我很明白。冰男是愛我的。但不知從什麼地方吹進來的風，把他凍成白色的話吹過去再過去。我哭。化成冰的眼淚，嘩啦嘩啦地繼續流著。在遙遠的冰凍的南極冰冷的家中。[54]

冰男和我無法再溝通了，這徒留的親吻動作，反而更深刻提醒這根本不是愛，一切只不過是一種嘴邊的形式而已，反而令她墜入更深的孤獨中，因為一個活生生的個體就擺在眼前，但卻是看得到摸不到、一點溫暖都沒有。然而，像這樣有著孤獨形貌的人物，便充塞在村上的小說世界中。

四、疏離

　　那麼再進一步將個體的孤獨落實到生活之中，所呈現出來的便是一種疏離。這也是村上小說中人物的形象被探討得較多的部分，例如陳綱佩的〈村上春樹筆下的「冷酷異境」——談現代人的疏離感〉、李友中的〈蒼涼、疏離、村上 kitty 貓流行熱〉等文，都曾探討過這個論題。然則何謂疏離？按《簡明版大英百科全書》中對「疏離感」（alienation）一詞下了如是的定義：1.無能為力：感到個人的命運不受自己控制，而由各種外力、命運、機遇或制度的安排所決定。2.無意義：在任何活動領域（如世俗事物或人與人間的關係）都缺乏理解力或一致的解釋，籠統地感到生命沒有意義。3.不正常：不遵守行為的社會慣例。4.文化隔離：離開社會的公認價值（如知識分子和學生對傳統制度的反抗情緒）。5.社會孤立：抱有孤獨或排除在社會之外的感覺。6.自我疏離：這種狀況最難下定義……或可以理解為個人以這樣那樣的方式與他自己失去了接觸[55]。

　　從這些定義中不難想到被命運擺弄的計算士、直子、田村卡夫卡等；或者是那些將自己擺放在社會規範外的人物，例如他們對職業的認定和觀感，故在這

個視角上，就不難用來解釋那些失業的或是鄙夷職業的角色。而這些個體遠離了團體然後懷抱著孤獨過生活之後，雖然從表面上看來，他可能是平順、華麗的，但不可諱言的，這些人心理上的各種病症卻於焉出現，就像李友中所觀察到的疏離現象：

> 疏離感是一種奇怪的行為。疏離者在貧弱的現實裏，通常以華麗的虛偽過活。因此，村上片斷式的文字、記號取向、美食與抽象主義、輕快的幽默感，其實不過是一種華麗的虛偽。[56]

在這一襲華麗的外衣下，人的孤獨、疏離的形貌，就顯得更悲涼而淒清了，因此會使讀者將焦點放在這些人物的心理病症上。以《挪威的森林》中的直子為例，我們除了會注意到她很明顯的「失語」狀況外，還會進一步觀察到她的自我愛欲將她逼上了絕路，因為這樣的自我愛欲使她無法敞開自己的心胸好好地去接納渡邊，也無法和周遭的人、事、物產生正常的聯繫。關於她自戀的心態，村上透過描寫在月光下自憐的直子很生動地表現出來[57]。這是發生在渡邊到阿美寮探視直子的時候，那一夜渡邊看到沐浴在月光下的直子：「只有直子一個人坐在我的床腳邊，一直看著窗外，她彎起膝蓋，像饑餓的孤兒般把下顎搭在那上面」。就按這個姿勢直子保持了好久，接著她便裸身

向著渡邊，但這完美的軀體只是直子獨自的精神狀態，與他沒有任何交涉：

> 她在我眼前暴露那裸體大約五分鐘或六分鐘吧，我想。終於她又再穿上長袍，由上到下順序扣上鈕扣，扣完鈕扣之後直子翩然站起來，安靜地打開臥室的門消失到裏面去了。[58]

直子如此專注於己身，眼裏只有自己沒有其他的任何事物，這就好比史托洛盧（Robert D. Stolorow）所指出的精神狀況一樣：「有一些精神疾病的病人看著鏡中自己的影像，而著了迷，爲的是要保持和安定那分崩離析的自我外像。」[59]這樣應該是一種暫時性的恐怖平衡，故而直子隨即就每況愈下而無法自拔了。另外像永澤這一類的男性角色表現出來的浮誇、空虛及自私自利，也都是心理上嚴重的病症。總之，這些歪斜不正的現象，都可以用來佐證這幾多人物是處在疏離、自我封閉的境地中，甚至他們和自身都失去聯繫了。

由上一路而下，可以爲村上的人物塑造一個整體的形象以及看出這些人物的表徵意義。首先，他顛覆了表面化的命名作用，以此來強調一個人的內在、普遍的本質；其次，既然突破了名字的束縛，因此沒有名字的人物因應而生；而這個沒有名字的「我」，它

的整體總和就在孤獨和疏離中展現出來，最後也讓讀者從中找到認同的要素和屬於自己的位置。

註　釋

1 佛斯特（E. M. Forster）著，李文彬譯，《小說面面觀──現代小說寫作的藝術》，台北：志文，2002，頁 92-98。

2 同前註，頁 99-104。

3 村上春樹著，賴明珠譯，《尋羊冒險記》，台北：時報，1995，頁 46-47。

4 村上春樹著，賴明珠譯，《世界末日與冷酷異境》，台北：時報，1994，頁 105。

5 村上春樹著，賴明珠譯，《挪威的森林》，台北：時報，1997，頁 33。

6 同前註，頁 16-17。

7 村上春樹著，賴明珠譯，《發條鳥年代記──第二部預言鳥篇》，台北：時報，1995，頁 85。

8 同前註，頁 40。

9 村上春樹著，賴明珠譯，《聽風的歌》，台北：時報，1988，頁 36-40。

10 老鼠是《聽風的歌》、《1973 年的彈珠玩具》、《尋羊冒險記》中的角色；五反田則出現在《舞、舞、舞》裏；永澤和木漉則是《挪威的森林》中的角色；綿谷昇則在《發條鳥年代記》中出現。

11 村上春樹著，賴明珠譯，《挪威的森林》，頁 43。

12 直子當時是木漉（Kizuki）的女朋友。

13 村上春樹著，賴明珠譯，《挪威的森林》，頁 33。

14 村上春樹著，賴明珠譯，《發條鳥年代記──第一部鵲賊篇》，台北：時報，1995，頁 103。

15 村上春樹著，賴明珠譯，《挪威的森林》，頁 45。

16 同前註，頁 263。

17 同前註，頁 48。

18 這些人物中的直子和玲子是《挪威的森林》裏的角色;雪和雨是《舞、舞、舞》中出現的一對母女;泉和島本則是《國境之南、太陽之西》裏「我」在學生時代分別交往過的女生;笠原May 和久美子是屬於《發條鳥年代記》中的角色;佐伯則是出現在《海邊的卡夫卡》中的人物。

19 村上春樹著,賴明珠譯,《挪威的森林》,頁 45。

20 同前註,頁 190。

21 村上春樹著,賴明珠譯,《發條鳥年代記——第三部刺鳥人篇》,台北:時報,1997,頁 312-313。

22 村上春樹著,賴明珠譯,《挪威的森林》,頁 131。

23 村上春樹著,賴明珠譯,《舞、舞、舞》(上),台北:時報,1997,頁 117。

24 村上春樹著,賴明珠譯,《尋羊冒險記》,頁 290。

25 村上春樹著,賴明珠譯,《發條鳥年代記——第一部鵲賊篇》,頁 99。

26 同前註,頁 63。

27 村上春樹著,賴明珠譯,《發條鳥年代記——第二部預言鳥篇》,頁 13。

28 同前註,頁 30。

29 村上春樹著,賴明珠譯,《1973 年的彈珠玩具》,台北:時報,1995,頁 9。

30 見《歐洲哲學史簡編》,北京:人民出版社,1972,頁 44。

31 村上春樹著,賴明珠譯,《世界末日與冷酷異境》,頁 340-341。

32 村上春樹著,賴明珠譯,《1973 年的彈珠玩具》,頁 154。

33 同前註,頁 169。

34 村上春樹著,賴明珠譯,《海邊的卡夫卡》(上),台北:時報,2003,頁 279。

35 村上春樹著,賴明珠譯,《世界末日與冷酷異境》,頁 356。

36 同前註,頁 9。

37 可參見上一節中「男性角色」的第一個特點。

38 村上春樹著,賴明珠譯,《舞、舞、舞》(下),台北:時

報，1997，頁 207。

39 村上春樹著，賴明珠譯，《發條鳥年代記——第二部預言鳥篇》，頁 29。

40 請參閱王溢嘉編著，《精神分析與文學》，台北：野鵝，2001，頁 36。

41 請參閱約瑟夫・洛斯奈（Joseph Rosner）著，鄭泰安譯，《精神分析入門》，台北：志文，1994，頁 57-60。

42 村上春樹著，賴明珠譯，《發條鳥年代記——第二部預言鳥篇》，頁 96。

43 同前註，頁 297-299。

44 村上春樹著，賴明珠譯，《發條鳥年代記——第一部鵲賊篇》，頁 101。

45 村上春樹著，賴明珠譯，《發條鳥年代記——第二部預言鳥篇》，頁 170-171。

46 同前註，頁 36。

47 參閱賴明珠，〈八○年代文學旗手——村上春樹〉，收錄在鄭栗兒編，《遇見 100%的村上春樹》，台北：時報，1998，頁 173。

48 村上春樹著，賴明珠譯，《尋羊冒險記》，頁 167-168。

49 參閱曾明，〈「我」在哪裏？〉，收錄在吳錫德主編，《世界文學——小說裏的「我」》，台北：麥田，2002，頁 41。

50 參閱鐘旭，〈妥協與反叛——論村上春樹小說中人物的兩難處境〉，《貴州教育學院學報》，第 17 卷（2001 年 3 月），頁 30-33。

51 村上春樹著，賴明珠譯，《尋羊冒險記》，頁 29。

52 村上春樹著，賴明珠譯，《舞・舞・舞》（上），頁 191。

53 村上春樹著，賴明珠譯，《萊辛頓的幽靈》，台北：時報，1998，頁 59-63。

54 同前註，頁 72。

55 簡明版大英百科全書編，《簡明版大英百科全書》，第一冊，台北：中華書局，1988，頁 330。

56 參閱李友中，〈蒼涼、疏離、村上 kitty 貓流行熱〉，網址：

www.geocities.com。2002.5.20 瀏覽。

57 像這樣月光下的裸身，在笠原 May（《發條鳥年代記》）、久美子（《發條鳥年代記》）、佐伯（《海邊的卡夫卡》）這三個角色身上也出現過。

58 村上春樹著，賴明珠譯，《挪威的森林》，頁 172。

59 陳炳良著，《形式、心理、反應──中國文學新詮》，香港：商務印書館，1996，頁 182。

第四章
情節結構與時空背景

　　小說作為一種「敘事的藝術」，它的「故事性」
是常被提起的話題。雖然故事情節不是小說的終極目
標，我們卻可以從中看到關於人物塑造和思想意識的
表現。總之，小說是離不開故事情節的。

　　而面對村上的小說，在情節的部分該注重的是什
麼？首先，從大體的結構著手，在組合貫見的經典橋
段中，我們發覺橋段之間出現了固有的順序，而這個
重複出現的順序會發展成一條線索；接著，便試圖標
明村上所選用的時空背景為何，因為其間的時空座標
極其固定，使讀者在閱讀的過程中會有一個特有的世
界感，在此即有點明的必要；最後，在第三節中，則
統合其一貫的敘事方法，於此可以看到村上在人稱的
使用和並行的故事線中，成就了屬於他那份獨特性的
重要元素。

　　故而於本章並非就單一情節論，而是在整體的架
構中找尋進入其小說世界的途徑。

第一節　情節結構

　　綜觀村上的小說世界，其故事情節的進展並沒有
明顯的高潮迭起，他總是心平氣和地娓娓道來，故當
中的魅力不在故事的過程和結局，而是那令人感覺細

膩的情節。然而其中之所以會有細膩之感，乃建立於
其不斷重複的橋段之上，在這些重複的橋段所塑造的
氛圍中，讓長期浸淫在他小說世界的書迷們覺得無比
安心。所以當二○○三年他的最新長篇著作——《海
邊的卡夫卡》——上市時，可以見到讀者對於他所認
為熟悉的村上春樹，有些相關的讀者說法[1]：

> ……套用村上式語句，《海邊的卡夫卡》與其說
> 是通過十五歲少年的眼睛來描繪世界的小說，倒
> 不如說是一個以十五歲少年為主角的另一村上春
> 樹作品。即是說，《海邊的卡夫卡》實際是另一
> 個「巨大的村上迷宮」，跟以前的小說比較，並
> 沒有視觀的基本分別。

> ……說實話，我對這本書的喜愛完全比不上他從
> 前的作品，但不可諱言的，這本書最「像」我印
> 象中那個寫出令我喜歡故事的村上春樹——具備
> 某種混雜幽默與悲傷的抽離特性，以及在自覺或
> 不自覺間一個接一個被捲進宿命情節中的有趣角
> 色。《海邊的卡夫卡》中，這些屬於村上春樹的
> 特色全然具備，讓我在剛開始閱讀幾章之後，油
> 然生出了「終於又見到你這老小子啦」之類的親
> 切感覺。

> ……即使內容還是有令人熟悉的元素，例如：兩
> 個交叉並行的主軸、離開與尋找的過程、歷史事
> 件的訪談式報導（這在《發》或《地下鐵事件》
> 都用過）、夢與現實交錯影響、貓、圖書館、全
> 共鬥、自己潛意識所投射出來的朋友……

其實他就像其他的優秀作家一樣，會設計一些情節和
細節在不同的小說中反覆出現，例如：孤獨的兩父
子、去醫院探望胸部開刀女友的青年、離家出走的妻
子、陰魂不散的童年之友等。因此底下先歸納出其小
說世界的經典橋段，再進一步探究這些橋段的組合、
安排會帶出什麼意義和效果。

一、經典橋段

　　大體而言，村上的小說在重複頻繁的情節中可以
歸納出兩大類，分別是「驚覺失落的轉捩點」和「歷
險情節」。

　　就「驚覺失落的轉捩點」言，先以《電視人》中
的〈睡〉為例說明。在該篇中的「我」是個三十歲的
牙醫妻子，丈夫具有吸引女性的特質，所以診所的生
意異常興隆，兒子則是既活潑又乖巧，是晚餐飯桌上
的開心果；於是她就這麼過著極溫馨又平靜的日子，

這樣的日子踐履在日常生活中便是：「接近傍晚時，我開始準備晚餐。孩子六點以前會回來，然後看卡通。如果診療時間沒有拖延，丈夫會在七點以前到家。丈夫滴酒不沾，也不喜歡無謂的應酬。工作結束多半會直接回家。」「吃完飯，兒子獨自隨他高興去玩。看看電視，讀讀書，或和丈夫嬉戲……然後八點半就上床睡覺。」「接下來就是我們夫妻的時間。丈夫坐在沙發上，邊看著晚報邊和我聊一下。聊聊病患的事，或是報上的消息。並且會放海頓或莫札特來聽……」[2]

這在一般人的眼中肯定是幸福、平穩的日子，然而這樣的狀況就在某夜做了一個「非常黑暗而黏滑」的噩夢之後一切都改變了。夢境中一個灰色短髮、臉頰消瘦的老人靜靜站在她的腳邊，一語不發地用銳利的眼神注視著她。她連那眼睛上浮現的血絲都記得很清楚，而且那是一張沒有表情的臉，沒有傳達任何訊息，只是有如洞穴一般的空洞而已。噩夢所帶來的改變是開始失眠，而如此失眠的狀況只攻擊她一個人，丈夫和孩子都沒發現，就這麼孤單的一人；可是她卻開始恢復被遺忘已久的閱讀習慣，具體的例子是她集中精神在《安娜‧卡列尼娜》一書上，廢寢忘食地將與丈夫和孩子有關的家事都當成例行公事，就這麼沉浸地窩入沙發裏，一邊吃著巧克力一邊閱讀。而這樣

的失眠並沒有消損她的精神狀況：「我的身體絲毫不見衰弱，反而可以說比往常更有精神。」[3] 當「我一絲不掛站在大鏡子前，赫然發現自己的身體曲線竟然充滿了旺盛的生命力。我試著從頭到腳把全身毫無遺漏地檢查一遍，竟然連一點贅肉或是一絲皺紋都沒發現。當然，我的體態已經和少女時代不同了，但是皮膚比以前更潤澤、更緊繃。」[4] 也正因為這樣的失眠所帶來的轉變，讓她看清自己在這些表面的幸福之下，其實老早就失去了自我。

因此村上特別安排她閱讀《安娜‧卡列尼娜》一書，以便表達身為女性該有的自主性，反觀在這家庭生活中，只有使她自己在學生時代的優秀表現都化為灰燼，故而她才發出不平之鳴，說以往的閱讀在腦袋裏什麼也沒有留下：「過去讀的時候應該是相當感動才對，結果卻什麼也沒留在腦袋裏。其中應該有過的悸動與興奮的記憶，在不知不覺間已經紛紛斷落而消失殆盡。」[5] 再來，她發現所謂的現實生活只不過是一種無機的公式化狀況：「自從睡不著之後，我想到的是：所謂的現實，其實很簡單。要應付現實，實在太容易了。那只不過是現實而已。那只不過是家事而已，只不過是家庭而已。就像操作很單純的機械一樣，只要記住了程序，接下來只要重複就行了。按一下這裏的按鈕，拉一下那邊的拉桿，調整一下刻度，

蓋上蓋子，設定好時間。只不過是重複而已。」[6] 由整個情節可見，因為噩夢所帶來的失眠，就是讓她正視自己生命缺失的關鍵轉捩點。

像這樣關於「驚覺失落的轉捩點」的布置，在村上的小說中算是個極為普遍的現象，其中以「妻子失蹤」而帶來的轉變是最常見的橋段。例如，《舞、舞、舞》延續著《尋羊冒險記》而來，那位決定離婚的妻子過來拿行李時，跟「我」說：「即使在一起也去不了哪裏。」於是決定出走了，且預言了：「往後即將和你有關的一些人」；在這之後的兩部小說中看到「我」是如何辭去工作，然後找尋著羊、老鼠，如何在夢境中聽到女友呼喚著他，感受到自己就包含在海豚旅館中，以及使他在夏威夷發現六具人骨之後，周遭的人便一一死去……另外，像《發條鳥年代記》中類似這樣的橋段更是關鍵，因為一切的情節就從「貓失蹤」、「久美子離家出走」開始。其他像在〈電視人〉和〈UFO 降落在釧路〉的短篇中，一樣可以看到妻子沒來由地不告而別。

在此可以發現一個重要又有趣的線索，就是村上常以「妻子要求離婚和離家出走」來表示平靜的生活開始起了漣漪，且驚覺所謂平順的生活只是一種表象，等到妻子突如其來的舉動戳破這一切時，才令他們正視生命中的空洞。

像這樣具有這種意義的橋段還有其他的變形。於此，可以輕易地舉出數例，例如《人造衛星的情人》中，一直懷抱著寫作夢的小菫，並沒有在創作小說中實現她的夢想，她的身邊有一個任她撒嬌的男性友人，不過對這個男友她也只能言不及義地談著，直到她和那位比她大十七歲的已婚女性——妙妙——相戀，然後妙妙帶她到希臘外海的小島時，才發生了決定性的變化。《海邊的卡夫卡》中的田村卡夫卡在鍛鍊自身直到成為全世界最堅強的十五歲少年後，便毅然決然地離家出走，於是他一樣有了另一個層次的成長；至於對中田老先生而言的關鍵事件，則是「野外教學」和「遇見拿貓的靈魂來造笛子的雕刻家」。

次言「歷險的旅程」。在這個部分村上大大發揮了小說的虛構性，其中不乏荒謬和不可思議之處，然而一段段歷險的旅程就這麼在他的一部部小說中展開了。仍先以〈睡〉這一篇短篇小說為起點，其中「我」在這個「失眠夜讀」後，她先掙扎於「自己是不是發瘋了」這回事，接著在熟睡的兒子的臉龐感受到先生家族中那種固執、自我滿足的傲慢，甚至是一種「『沒有挑剔』裏，存在著似乎不容許加入什麼想像力而顯得格外僵硬的部分」[7]，因而觸怒了她。最後當她確定自己不需要睡眠時，她便在深夜開著車出去遊逛，從中她進一步確認了自己的記憶和改變，就在

此時一個令她恐怖而不知所措的狀況發生了：

「突然間，有什麼動靜使我回過神來……有人在
車子外面，並試圖打開車門……」「夾在那兩個
影子之間，只覺得我的 city〔汽車名〕非常小。
簡直就像個小蛋糕盒一樣。感覺到車子被左右搖
晃著。右側的車窗被拳頭頻頻敲著……我倒抽一
口氣。該如何是好呢？」「我的手指不停地發
抖。我閉上眼睛，再次試著慢慢轉動鑰匙。可是
並沒有用。只聽到喀哩喀哩有如在刮搔巨大牆壁
的聲響而已。在空轉著。只是在空轉著。那些男
人──那影子繼續搖晃著我的車。那晃動逐漸加
劇。他們大概是打算把這輛車掀翻吧。」「我絕
望地靠在椅背上，雙手掩面，然後哭了起來。我
除了哭，一籌莫展。眼淚撲簌簌地不停留下來。
我孤零零地被關在這小箱子裏，哪兒也去不了。
現在是夜最深的時刻，而且那些男人繼續搖晃著
我的車。他們想要把我的車掀翻。」[8]

這一段歷程雖然不是東奔西跑地出生入死，卻是
這位敘述者內心最深刻的旅程。在其他長篇的小說
中，也足以細數出一段又一段的歷險旅程。在《世界
末日和冷酷異境》裏，在意識世界中的「我」，原本
不過是個大組織中的一分子，從事著沒什麼大不了的

計算士的工作，但其中涉入了老博士的研究計畫，一來使得他的腦袋在不知不覺中已被改變了，再來使他成為組織追查的對象，因此促使他的住處遭受到嚴重的破壞，自己也被他們在腹部用刀子劃上了深深的一刀，就當生命朝不保夕的同時，他為了化解心中的疑慮，便和老博士的孫女前往他在地底下的藏身之處，在整個途中不僅要躲避黑鬼的追蹤，還要緊繃著精神以免「睡著了」，更必須一刻也不停留地跑著，因為逐漸升起的大水就要把他們淹沒了，這個過程的緊張、精彩程度實不下於《法櫃奇兵》那一系列的冒險電影。

再如《發條鳥年代記》，岡田亨為了找尋失蹤的妻子，其中不僅經歷了與自身相關的各式各樣的夢境。連同間宮中尉在蒙古沙漠受到殘害的深刻孤獨感，和西納蒙那位在滿洲的獸醫外祖父屠殺動物與日本士兵的過程，甚至是那間擁有一口井的不祥屋子的歷史，他都得一同經歷。而《海邊的卡夫卡》中的歷險過程一樣相當多元，且富有童話般的奇幻感。最後村上讓小說重疊在一線線的歷險橋段，然後將所有人集中在甲村圖書館，即做一收束的動作。

二、情節模式

在結合經典橋段和村上他所做的順序安排，想到了可以借用普洛普（Vladimir Propp）的思維方式。普洛普在研究俄國民間故事時發現，民間故事總是具有兩種性質：「它是令人驚奇的形式繁複、形象生動、色彩豐富；同樣也出人意外的始終如一、重複發生。」[9] 普洛普發現，在民間故事中，最重要的因素不是「人物」，而是「功能」，即「根據人物在情節過程中的意義而規定的人物行為」。所以普洛普認為，民間故事的特性就是把同樣的行為賦予不同的人物，人物只是承擔功能，而功能則是有限的 [10]。

在這樣的思維下，我們看待村上小說的方式，便可以像這些民間故事一樣，它們並非是一個個單獨的個體，而是可以將它們全部看成是一個「大故事」。而且反觀村上的小說，不論在人物或情節上歸納出來的元素，都不斷在不同作品中重複著，在在都強化了這個大的故事架構，因此人物類型的裝置是為了某個預設的目的，情節中的經典橋段有其固有的順序安排，都可以見到能夠和普洛普揭露的功能說相互呼應之處。那麼我們大可嘗試從情節中探索敘事的普遍模式，藉此瞭解相關的不變元素間和結構形式的關係。

當我們將一個個的故事情節擺放在大架構下，似乎會映照出更深一層的意義，因為「世界本來就是由各種關係而不是事物本身構成的，任何實體的意義只有放在完整的結構中，並再與其他主體的相互參照中，才能獲得真正的實現」。然而村上的大故事的敘事是如何進行呢？其概括的結果如下列簡表：

表 4-1　村上春樹小說的情節模式

	初始狀態	覺知「失落」的轉捩點	過程：歷險
1973 年的彈珠玩具	在東京和友人一起經營翻譯社，業績不錯，算是相當順利。	在故鄉「傑氏酒吧」裏面的一台三把式的太空船彈珠玩具不知去向了。	在展開尋找的過程中，和擔任西班牙語講師的彈珠玩具機玩家會面，最後在巨大的冷凍倉庫中和「太空船」重逢了。
尋羊冒險記	和友人一起經營廣告公司。	妻子因為覺得「即使在一起也去不了哪裏」而出走。	受僱於右派組織的「先生」，代其找出那隻背上有星形記號的羊。在耳朵模特兒的建議下接下了這個工作，並一同前往北海道。

（續）表 4-1　村上春樹小說的情節模式

	初始狀態	覺知「失落」的轉捩點	過程：歷險
舞、舞、舞	在東京當自由文字工作者。繼續做這種文化性的半調子工作。	感受到失蹤女友奇奇在呼喚著他。之前離婚的妻子曾告訴他：「往後即將和你有關的一些人。」	為了解密來到北海道的海豚飯店。接下來便發生一連串事件：在海豚旅館見到羊博士、在夏威夷發現六具人骨且身邊的人一個個死去、知道了高中好友（五反田）殺死了奇奇等。最後難解的心情受到和海豚飯店服務生（Yumiyoshi）交媾的撫慰。
國境之南、太陽之西	娶妻之後在青山經營爵士樂酒吧。	同班同學相繼到店裏造訪。	開始尋找泉和島本的身影，知道一切的妻子並沒有做出任何反應。最後偶然在街上看到長相神似島本的陌生人，他頓時感到一片混亂。而就在忽然抬頭一看時，泉竟然坐在前面的計程車裏。她的臉完全沒有表情，就像死亡的臉，不禁令他一陣呆然，於是陷入一陣虛無中，最後島本的幻影漸漸淡出。他於是決定和妻子（有紀子）重新展開人生。

（續）表 4-1　村上春樹小說的情節模式

	初始狀態	覺知「失落」的轉捩點	過程：歷險
世界末日與冷酷異境	剛剝除影子住在「街」上。	在圖書館中讀夢。	和影子約定畫出街上的完整地圖，計畫在冬天來臨前一起逃出這裏。「我」雖然一度也決定逃脫，但是卻發現創造街的是自己，於是決定留下以負起責任。
	盡職的計算士。	接下老博士委託的洗出洗入的工作，從中知道了自己的腦子已經被改造的事實。	經過組織和黑鬼的追擊，見到了老博士知道了一切的原委。而這個關於意識之核的實驗，卻因為恢復原狀所需的機械和資料全部喪失，「我」不得不永久活在被編輯的意識中。
發條鳥年代記	剛從律師事務所辭職的上班族。正在廚房煮義大利麵時接到不明女子的來電。	和妻子一起撿到的貓失蹤了，妻子委託靈媒加納馬爾他來協助，結果她預言接下來有許多事會相繼發生，貓的失蹤不過是個開頭，且貓不會再回來了。接著有一天妻子（久美子）上班後就沒再回來了。	在找尋貓、久美子下落的過程中，涉入了許多人、許多條線的經歷，包括：加納馬爾他姊妹、笠原May、間宮中尉、納姿梅格與西納蒙。所有發生的事都複雜地相互牽連著。最後在西納蒙的協助下，岡田亨終於得以抵達久美子的所在地。

（續）表 4-1　村上春樹小說的情節模式

	初始狀態	覺知「失落」的轉振點	過程：歷險
海邊的卡夫卡	十五歲的強壯少年。	十五歲生日來臨的時候，我離家出走到一個遙遠的陌生地方去，開始在一個小小圖書館的角落度過一段日子。	由寺廟後方醒來時身上沾滿了血跡、在密林中獨自面對黑暗，以及進入到密林中由十五歲的佐伯小姐身上找回自己，在甲村圖書館中愛戀了十五歲的佐伯小姐並和其發生關係。
	因為戰事到鄉下寄讀的都市少年、一面領著政府微薄的補助，一面在從事尋貓的工作。	野外實習教學，撿到了老師沾有經血的手帕，殺死「蒐集貓的靈魂來製作笛子」的雕刻家。	在卡車司機星野青年的幫忙下，他輾轉來到四國，在這裏打開了關閉世界的石頭，其間展現他預知的能力和見識了星野青年的遭遇和轉變。

　　重複的作用是爲了顯示結構，結構通過重複得以建構。在結構之下，不是人在講故事，而是故事在講述自己。就像詹慶生在〈《西廂記》的結構主義解讀〉一文中，就以結構主義的分析法認爲《西廂記》一類的才子佳人小說，可以從表層「愛情故事」的解說中脫離出來，而延伸至深層的「文化隱喻」和「永恆父之法」，即使一個有限的才子佳人小說做了無限的拓展[11]。

　　相同的，在此將村上的幾部小說做了一個結構性的歸納，將可以看到這些情節不再是零散的百無聊賴地喃喃自語而已，而是呈現在某一個架構下的大故事，就是表現出「平順－覺知迷失－尋找」這樣的過程。另外將這樣的架構和人物類型互相照應時，更可以看出人物所肩負的功能。因為「我」正是一個沒有意義、無價值之人，所以有找尋自我的必要，故當「關鍵的轉捩點」出現時，情節就會順勢發展下去，於是展開一段段追尋的歷險；而在追索的過程中，「靈媒」對「我」的提示作用，可以使情節有高潮迭起的變化，和顯示「我」的內心在過程中是有轉折和波動的；追索的最終，作為「我」分身的那些男性角色們，他們所顯示自我人格的那一部分，便是「我」開始瞭解自己的跡象。

　　總的來說，故事架構的深層意義就是「平順－覺知迷失－尋找」這樣的過程。由於村上以重複的架構來表現，所以在他的小說中，雖然大部分的敘述者都是「我」，「我」沒有明確的名字和背景，但只要循著這個的架構，面對這些「我」，你可以填上任何名字、職業、背景和性別，反而使包含的空間更大。也正因為不是著重在表面的故事情節，所以連尋找的對象都可以是無限的，有意義的、沒意義的都好，故從中可以看見尋找的也許是一條似曾相識的狗、一台從美國

進口而日本僅存的彈珠玩具台、背上有星形符號的羊或昔日的情人等。其實尋找什麼都好，這些不過都是內心失落的象徵而已，真正的重點在於進行中的尋找過程，這個過程算是自我救贖的重要步驟。楊照曾言：「村上的小說中一個共同的主題是追索的過程。一個神秘的物件、行動、地方等待著小說中的『我』重新去擁有、經歷。彈珠玩具、搶麵包店及被拆除了的舊旅館魅惑著『我』回到一個過去似曾相識、然而意義不明的神話瞬間（mythological instants）。」[12]

　　村上持續使用這樣「追索的架構」來處理情節較複雜的《海邊的卡夫卡》。《海邊的卡夫卡》的故事線是多元的，因此給讀者混亂的第一印象，但由於遵循在固有的架構下，讀者可以按照尋找的故事線來思索自我存在的位置。其中十五歲的少年混亂了、中田老爺爺和星野青年也跟著混亂，但村上卻可以將這樣的混亂處理得很好，因為一切就扣緊在尋找的主線上，每個人就這麼尋找自己應該存在的地方，去哪裏、做什麼，命運牽引或是自我意志，大家都脫離了原有的位置，朝另一個新生的位置去。所以在混亂中，有些東西反而很清楚地浮現，它不是藉由主角的嘴說出，而是配角──圖書館的大島先生──的襯托來呈現。

　　而且將「自我追索」的思考擺放在社會處境下，亦有一層心理治療的哲思在其中。當他面對像「沙林

毒氣事件」的社會之惡時，他開始思考日本的社會究竟發生了什麼事？年輕人究竟是怎麼了？因此他更確認自己要從「惡」這個層面來書寫：「惡這個東西，對我來說也是驅使我寫作的一個很大的動機。」[13] 所以小說中的表現也應該由負面帶出來：「作為一個小說家，我想沒有故事不是從負面地方出來的。要表現故事真正的陰影或深度，幾乎都是負面的東西。」[14] 因此村上從內心的「惡」、「負面」中出發，再思索生命裏究竟有什麼才是值得追尋的。雖然每一個人對於惡的認知會有差異，但透過這樣的過程，應該可以找到生命的價值和定位，就算會是徒勞的，都將會是一線生機。故在情節模式下安排了這樣的追索過程，不僅符合了村上將書寫重點擺在人心的這個層面上，也為我們揭示了人生的處境。

第二節　時空背景

　　由第一節中可以看見，村上在情節中設置了許多荒謬、離奇、天馬行空的元素；不過另一方面他又常常在小說中明確地標出故事發生的時間和空間，這看似無關緊要的點綴，卻是吾人在閱讀過程中不容忽視的成分，本節中便進一步探討他的小說世界的時空座

標。

一、時間

　　村上的第一部小說《聽風的歌》寫於一九七九年，他發表這部小說時是二十九歲，與作品中的主述者「我」同齡。這部中長篇的小說故事始於一九七〇年八月八日，終於十八天後的二十六日。也就是「我」在追憶八年前的往事，他所追憶的這個八年前的時代便是跨越了「一九六〇年代至一九七〇年代」。

　　村上以懷念的心境將一九六〇、七〇年代安插在他的小說中，以這一部《聽風的歌》為例，不僅直接將時間點定在一九七〇年，他還特別凸顯了一九六三年這一年。這一年，主角「我」十四歲，高中三年級，而且美國甘迺迪（Kennedy）總統被暗殺也是在這一年。乍看之下，好像沒什麼關係，但是小說中有不少的段落全都是落在一九六三年。首先是「我偶然得到第一本哈德費爾已經絕版的書，是在大腿間得了非常嚴重的皮膚病的初三暑假」[15]、「我開始一隻手握著尺，戰戰兢兢張望著周圍的一切，確實是從甘迺迪總統死的那年開始」。還有「十四歲那年春天，難以相信地，就像決了堤似的，突然開始說話。雖然說了什

麼已經完全記不得了，但像要填滿十四年之間的空白一樣，我花了三個月時間，不停地說，直至七月中旬，說完的時候，發燒到四十度，連續三天沒去上學。等熱度退了以後，我變成一個話不多也不少的平凡人。」[16]

接著是最初和「我」約會的女子。「回家的路上，我在車子裏突然想起第一次約會的女孩子來。那是七年前的事了。」[17]照前後文推算，七年前指的是一九六三年。另外，「我」回憶到在大學時交往的法文系女友時，則有以下的描述：「我只有她一張相片，後面記著日期，那是一九六三年八月。甘迺迪總統腦袋被射穿那年。」[18]

在此書中，除了點明一九六三年之外，仍不免要和學生運動搭上線：「第二個對象，是在地下鐵的新宿車站裏遇見的嬉痞女孩。她才十六歲，一文不名的，連睡覺的地方都沒有，而且連乳房都幾乎沒有。倒有一對看起來頭腦不錯的漂亮眼睛。那是新宿鬧示威遊行鬧得很兇的夜晚。電車、巴士，一切都完全停止。」[19]儘管這個時間和情節沒有絕對的關係，他都要這麼來上一筆。

在接續此書之後的其他創作，便一直縈繞在這個「全共鬥」的學生政治事件所發生的時間上，且不斷提及所謂的一九六○、七○年代。直接寫到該事件的

像《挪威的森林》：「暑假裏大學請求機動隊出動，機動隊把障礙欄敲毀，逮捕了躲在裏面的全體學生。當時所有的大學都在做同樣的事，所以並不算特別稀奇的事件。大學並沒有所謂的解體。」「到了九月，我抱著大學已經幾乎化為廢墟的期待去看看時，大學竟然還完全無傷地在那裏。圖書館的書既沒有被掠奪，教授室沒被破壞掉，學生上課的建築物也沒被燒毀。那些傢伙到底在搞什麼嘛！我愕然地想道。」[20]

　　還有《1973 年的彈珠玩具》：「晴朗得令人愉快的十一月某個下午，當第三機動隊衝進九號館時，據說韋瓦第的『調和之幻想』正以全音量播出，到底是真是假沒有人知道，不過卻是〔一九〕六九年中令人覺得心頭暖暖的傳說之一。」[21]

　　除了明寫之外，他還常常將這個時點當成他回憶的背景，例如《國境之南、太陽之西》：「我們是從〔一九〕六○年代後半到七○年代前半，參與過熾烈的校園鬥爭時代的一代。不管喜不喜歡，我們都活過那個時代。即概略地說來，那是高聲抗議戰後有一段時期曾經存在過的理想主義被更高度化、更複雜化、更洗鍊化的資本主義理論所持續貪婪吞噬的時代。」[22]以及《舞、舞、舞》：「雖然當時並不覺得，但一九六九年世界還是單純的。只有向機動隊員丟石頭，有時候人就可以達成自我實現。算是自成一個良好時

代，在詭辯化的哲學下，到底有誰能對警察丟石頭呢？到底有誰自動願意去承受催淚瓦斯呢？那就是現在啊。」[23]

由上述可以稍加歸結，雖然村上並沒有直接對這些事件抒發他個人的看法，然在四部曲和《挪威的森林》中可以清楚看到，這些故事發生的時間乃是配合一九六〇、七〇年代日本大學生所參與的那段歷史，所以在《探訪村上春樹的世界》一書中曾將「村上春樹的大學時期的社會事件」和「『我』的世界」做了細細的對照。例如一九七〇年的十一月二十五日就是「三島由紀夫等衝入陸上自衛隊的市谷駐屯地，自殺。」和「在 ICU 的咖啡座和『跟誰都可以上床的女孩』在一起時，電視畫面一直反覆映出三島由紀夫的影像。」的對應。[24]

總之，一九七〇年是歷經了轟轟烈烈的一九六〇年代的學生運動時期，由於他本人也親身參與其間，因此他對於這個「六〇年代」有著特殊的感情：「〔一九〕六〇年代是我的青少年期，對一切事物特別敏感，是生命中特別會受影響的時候。是的，六〇年代可以說是我的『obsession』（按：指縈繞於心、揮之不去的某種執念）。因為太多回憶了。回憶太多，最後不免就會懷念。也許到了某個年歲就會特別眷戀從前最深刻、最不能忘記的時光。」[25]因此他所創

造出來的主述者便曾以「一九六○年代的孩子」自居：「這是真實的故事，同時也是個寓言。而且，也是我們在一九六○年代的民間傳說（folklore）。我生於一九四九年。一九六一年上初中，一九六七年進大學。然後在那個紛擾的騷亂中迎接二十歲。因此正如字面所示，我們是六○年代的孩子（Sixties Kids）。」[26]

其實，村上對於這個時期的孺慕一直存在著，所以即使到了二十一世紀出版的《海邊的卡夫卡》，仍可以見到這個經常出現的時點，因為人物之一的佐伯和其男友的美好青春期就在那時，這個從田村卡夫卡找出相關的音樂收藏就可以一目了然了：「好像時光的落葉沉積場般的房間裏，我們找出了山水牌的舊式音響設備。機器本身是相當牢固的，不過那從最新型上市到現在，大概已經過了二十五年左右的歲月了。上面蓋著一層薄薄的白色灰塵。有收音機，和自動式唱盤，書架型喇叭。也發現一些舊的 LP 唱片收藏和機器放在一起。有披頭四、滾石、海灘男孩、賽門與葛芬科、史提夫・汪達……全都是一九六○年代流行過的音樂。」[27]而且佐伯男友之死，也和大學的示威抗議有「間接」的關係。

由上可以清楚看出，村上在時間背景的塑造上，乃在標明年代和歷史社會事件中不斷交替進行，而他

除了這個作法之外，還利用純粹的歷史事件和流行音
樂、樂團來凸顯其中的時代感。就前者而言，可以在
《發條鳥年代記》中見到，此書一方面於卷首就將時
間定在一九八四年六月至七月，一方面則大量插入歷
史資料，甚至在書後還列出相關的參考文獻，例如
《諾門罕美談錄》、《安靜的諾門罕》、《諾門罕上
下——草原的日俄戰爭一九三九》、《滿洲帝國Ⅰ、
Ⅱ、Ⅲ》、《我與滿洲國》等。在此，他企圖將作品
的時空幅度拓展開來。由剝皮軍官到襲擊動物園到坑
人的經歷，他都不厭其煩地連章道來。就後者而言，
在他書中大量出現的披頭四、巴布・狄倫、門、約
翰・柯川等，便是樂壇上一九六〇年代的象徵：
「……我們是六〇年代的孩子（Sixties Kids）。在人
生當中最容易受傷、最不成熟，因此也是最重要的時
期，盡情呼吸一九六〇年代強悍而狂野的空氣，並且
理所當然的、宿命地沉醉於其中。從門合唱團
（Doors）、披頭四到巴布・狄倫，背景音樂也是多采
多姿……」[28] 像這樣無須明言年份，包含於其中的時代
感已經相當強烈了。

二、空間

　　空間的設定乃是情節上演的舞台，村上在此的作

法就像時間的設定一樣，亦是相當明確的。其間的作法有二：一是寫明了地點、路線；二是以一些配件、道具來為這個舞台妝點，使人在閱讀的過程，便可以輕易地投身在空間的氛圍中。底下便就這兩個部分論述之。

就地點、路線言，村上的小說是從「宿舍」出發的，將之稱為「目白的新房間」即〈閱讀約翰・歐普戴克的最佳場所〉中所提到的，一九六八年春天，為了念大學到了東京所住的宿舍：「……天黑之前到了東京，前往位於目白的新居一看，早該送到的行李不知什麼緣故仍然不見蹤影。既沒有換洗衣物，也沒有盥洗用具、菸灰缸、棉被、咖啡杯，和燒水的茶壺……房間裏空蕩蕩的。一張只有一個抽屜、非常克難的書桌，還有一張非常克難的鐵床，僅此而已。床上墊著一塊看起來就讓人心情沉重的床墊……」[29]這也就是「我」（渡邊）離家上大學所住的宿舍，在《挪威的森林》中村上春樹雖然沒有提到它的名稱，但隨著此書的暢銷，靈敏的讀者不難發現此宿舍的實景就是：「和敬塾」[30]。他在書中對此地有詳盡的描述：「那個宿舍在東京都內一個視野良好的台地上，占地廣闊，周圍圍著高的水泥牆。穿過大門，正面聳立著巨大的欅木。」[31]「沿著鋪道筆直走，正面則有兩層樓的總部建築物。一樓有餐廳和大澡堂，二樓有講堂和

幾間會議室，然後甚至還有不知道要做什麼的貴賓室。總部建築物旁邊是第三幢宿舍。這也是三層樓的。中庭很寬闊，在綠草坪中自動灑水器一面反射著陽光一面團團的旋轉著。總部大樓後面有個棒球場和足球兼用的操場和六個網球場。」[32] 這和現實中的「和敬塾」相似度極高。

接著便是渡邊（我）和直子與綠一起走過的地方。他和這兩位女子共同走過一些地方，是可以按圖索驥的。首先看到關於直子的部分，直子所念的大學是：「她（直子）上武藏野偏遠地方都大學。以英語教育聞名的小型大學。在她公寓附近有一條清潔的渠水流過，我們有時在那邊散步。」[33] 這個大學的地理位置可以想成是在東京西邊小平市的津田塾大。而清潔的渠水就是流過大學附近的玉川渠水。這個區域由於有武藏野的森林和水邊的小徑等絕佳環境，因而成為專科學校和大學很多的幽靜地帶，可以說是很像是想要拋棄高中以前的自己，開始過新生活的直子會選的地方。至於他們約會散步的路線是：「她在飯田橋向右轉，走出壕邊，然後穿過神保町的十字路口走上御茶水的斜坡，就那樣一直走過本鄉。並沿著都營電車的鐵路走過駒込。」[34]

至於他和綠一樣有許多具體行動的路線，例如：兩人到新宿的 DUG[35] 去喝過幾次酒：「德語課上完

後，我們搭巴士到新宿街上去，走進紀伊國屋後面在地下室的 DUG 去，各喝了兩杯伏特加和東尼。」[36] 或者到各種不同的餐館約會：「第一次約會，是在上戲劇Ⅱ被派系學生破壞，只好到四谷去時，綠帶『我』到四谷後街的一家餐廳去……」[37]「『我』也被綠帶到日本橋的高島屋百貨去過。問她為什麼去那裏的原因時……」[38]

在以目白、早稻田新宿一帶為小說的舞台之後，再出現的場所便移往千駄谷、青山、外苑前一帶。於《世界末日和冷酷異境》中，「我」和老博士的孫女，一面躲避住在地底和地下鐵軌道的黑鬼的追擊，一面試圖逃出水面一直上升的地底下。那一條逃亡路線，就地理上的位置而言，正好從明治神宮的表參道開始，經過千駄谷方面，在國立競技場前向右轉，往神宮球場方向去，並從繪畫館由地下鐵銀座線的外苑前和青山一丁目之間的地下鐵道出來。其次在《舞、舞、舞》中，「我」除了見證著北海道札幌的海豚旅館蛻變成海豚飯店之外，「我」的生活圈是定在港區和澀谷區，書中描述到他每一次看過五反田和奇奇主演的電影——《單戀》——必會走一趟「從原宿經過神宮球場、青山墓地、表參道、仁丹大樓，到澀谷」這樣的路線。另外，「我」也將生活圈擴散到青山，因為住在澀谷公寓的「我」，樂趣就是到青山路的紀

伊國屋去買菜，在停車場他將自己的速霸陸停在
「SAAB 和賓士」之間，而且購買的是「調教過的青
菜」。面對這高級住宅區的青山一帶，也就是《國境
之南、太陽之西》的主要舞台，「我」在青山開爵士
樂的酒吧，住宅也選在可以看到青山墓地的地方。店
裏的生意極爲順利興隆，所以又開了另一間分店，他
有兩個女兒，「在青山擁有四房兩廳的大廈住宅，在
山根的山中擁有一幢小別墅，甚至擁有 BMW 三二〇
的車子和紅色吉普車。」[39]

　　接著便是關於道具運用的部分。村上一向著重於
「物質」的描述，尤其是一些物質上的消費狀況，直
接言明商品種類或是品牌名稱。

　　而關於這些物質的細節最令人「津津樂道」的，
乃在於食物這個方面，因爲小說中的主角不厭其煩地
重複著這樣的生活模式，例如以酒吧爲主要場景的
《聽風的歌》爲例，主述者「我」便在物件堆砌出的
「生活空間」中進行著：「我像往常一樣，用背脊推
開『傑氏酒吧』沉重的門……店裏瀰漫著香菸、威士
忌、炸薯條……我跟平常一樣在櫃檯旁邊的位置坐
下……我點了啤酒和鹹肉三明治，拿出書來，決定慢
慢等老鼠。……我放棄再看書，拜託傑把手提式電視
機拿出櫃檯來，一面喝啤酒，一面看棒球轉播。」[40]而
那一個失了業賦閒在家的岡田亨，正在廚房煮義大利

麵時接到了不明女子來電的那一段，也成爲其小說裏
極爲經典的一幕。在他的書中偶爾也會出現極爲細膩
的料理畫面：「我先做了一道長蔥伴梅子，撒上柴魚
片；又用涼醋拌海帶鮮蝦；再以芥末細磨白蘿蔔給魚
丸添辣味；然後用橄欖油、蒜和少許的辣味香腸炒切
絲的馬鈴薯。最後將小黃瓜切片，做了一道即時泡
菜。還有昨天剩下的煮羊硒菜和豆腐。調味料則用了
大量的生薑。於是我們一面喝著黑啤酒，一面吃著我
做的小菜。啤酒沒了，就喝香檳⋯⋯」[41]頓時咖啡、義
大利麵、啤酒、甜甜圈、威士忌、三明治等都成了村
上的象徵。所以只要讀過兩本以上的村上春樹小說，
大概都不會對小黃瓜、生菜沙拉、三明治、義大利
麵、甜甜圈、啤酒、柳橙汁、咖啡等食物感到陌生，
即使沒吃過，起碼也在他的書裏看過。甚至會令讀者
興起模仿的欲望，例如作家韓良憶就有這樣的追述文
字：「⋯⋯是以，幾年前夏天，帶著中文舊版《聽風
的歌》，在神戶遊逛時，我在客居的友人家公寓窗台
邊，一邊看著書，一邊喝柳橙汁、吃甜甜圈；有時候
則是一大杯咖啡歐蕾（法式牛奶咖啡），配蘋果派、
煎餅或牛角可酥⋯⋯」[42]

　　因此，在川本三郎的〈村上春樹的世界〉一文
中，將村上小說中的主角稱之爲「商品目錄少年、記
號少年」。因爲除了這些食物的名稱之外，其他像威

士忌、白蘭地的名稱，外國名牌服裝的商標，以及電冰箱中各種西式食物的名稱，都一一填充在這個舞台上。而村上如是的偏好和樂趣，一直到了《海邊的卡夫卡》還是存在的，雖然在此書中比較少見煮某種品牌的義大利麵、開某種罐頭，或是常見的商品型錄，但對汽車的描述倒是不少，尤其他還是會對某一些沒有風格的汽車加以嘲笑，他說到其中有這麼一段，中田老先生和星野少年一方面必須租車去找那一顆世界入口的石頭，但另一方面又必須逃躲別人的追蹤和目光，所以當他們要租車時，車行的人便這麼推薦一款日本不起眼的車——它是那種你只要看一眼轉過身來就忘記長什麼樣子的汽車。

由上可知，村上無論在時間或空間上的設定，都各有其明確之處，就時間而言，他以十年為一單位，從一九六〇年起至一九九〇年止，就這麼伴隨著村上自己所走過的時間歷史，而其中最令他強調的莫過於一九六〇和七〇年代。至於空間的設置，都是在日本最令人熟知的都會地區，其次在許多商品、物質、品牌的妝點下，更是屬於大家都認可的都市生活。而如此明確的時空設置作法，使得小說塑造出來的特殊意涵則會在下一章擬探討的主題意識中呈現出來，由是可知，這樣的時空背景不是徒然存在而已。

第三節　敘事手法

　　小說作為一種敘事文學，所以可以進一步來觀察他在述說故事、推展情節上有什麼特點。綜觀他所有的長、短篇小說，最為鮮明的特點有二，其一是慣用第一人稱的敘事觀點，其二是以兩條故事線並行來展開情節。

一、第一人稱的敘事觀點

　　所謂「觀點」（viewpoint or point of view）又稱視角或視點，意指「文學上作者為表達素材時所取的有利立場」[43]，對讀者而言則係指閱讀作品的角度。所以敘事觀點是作者除了以書中的角色來表達想法之外，用以表達觀感的另一個方法。由於人的背景有異，所以看法是不盡相同的，所以選取什麼人來代言，其所表達出的觀感也會有所差距；而不同的觀點往往隱含著不同的價值體系，因此作者對於敘事觀點的選擇，會直接影響小說藝術效果的營造。就如同馬振方所言：「不同的人見聞不同，感受也不一樣，甚至可能完全相反。選取什麼人做敘述關係作品的基調

和全局，關係構思的巧拙成敗。有經驗的作者總是精心選擇敘述人，使『我』在提煉情節、刻畫人物、表現主題諸方面充分發揮能動作用，成為藝術構思的重要手段。」[44]故這個部分也是值得一探的。

敘事觀點大致可以細分為：「全知全能的」、「限知的」、「客觀的」三類。而村上大量使用的是「限知的」第一人稱的方式，且這個第一人稱就是作為主人翁的「我」。當然使用這種敘事觀點來寫作小說並非村上所獨創，甚至可以說是極為普遍的方法，例如魯迅的《狂人日記》、冰心《瘋人筆記》、許地山的《無法投遞之郵件》等都是。或者看到他一路下來都離不開這樣的敘事觀點，於是開始質疑他的創作是否已經遇到了瓶頸，甚至阻礙其進入大師之列。只是當我們讀到的村上小說幾乎都是使用這樣的敘事觀點時，還是會從中看到屬於他的小說世界中獨特的風味，故欲在此探討這樣的手法所塑造出的特殊觀感為何。

在這樣的敘事筆法下，會牽涉到兩大方面的觀感：其一是在作者這個層面，另一個則與文本有關。

在作者這個部分，會關係到作者本人和敘事者「我」之間的關係。在小說的世界中，「我」與作者的關係極為複雜，可以是同一關係，例如盧梭（Rousseau）的《懺悔錄》便是。或是有一些關係，像

張賢亮的《綠化樹》、《男人的一半是女人》中的張
永璘，郁達夫的《春風沉醉的夜晚》中的「我」，都
有作者的影子，都與作者的經歷相似。另外像魯迅的
創作中，除了有一個狂人系列外，還有另一個知識分
子系列，就是若干個作為第一人稱敘述的「我」。這
些「我」和魯迅自己的社會地位大體相似，所敘述的
故事也大都可以從魯迅自己的經歷中找到線索。村上
春樹於此所帶來的效應亦同，雖然他總是神秘的，既
不演講，也很少接受訪問，跟文壇、媒體一貫保持著
距離。然讀者總認為「我」甚至書中其他的角色都有
村上的影子，輕易地就將他和小說中的「我」重疊起
來 [45]。而由於小說中的「我」被擺放在孤獨、疏離的
位置，所以當「我」在小說中喃喃訴說或是從事內心
活動時，都只面對著正在閱讀的這個讀者而已，無形
之中，便拉近了作者和讀者之間的距離，使得兩者之
間有難以言喻的親密感，促使讀者對村上存有莫名的
崇拜和不斷演練他的生活樣態，而這自然也是「村上
春樹現象」的一環。

　　至於在文本這個部分，村上使用這樣的敘事視
角，相較於其他幾種的敘事觀點，大抵可以看到這樣
的特點，一來讀者讀了「我」的陳述，會產生一種
「當事人」講述他自己親身經歷的親切感，無形中更
容易接受小說、人物、故事和情節；二來作者已被揉

合於故事中，他變成小說人物的一分子，成為推演故事的媒介，除了講述小說裏的「我」對人物事件的所見所聞之外，更可以把「我」本身的思想感受、心理活動或對主要人物的看法和感覺直接而細膩地告訴讀者。

　　由於村上對於小說人物的設定較注重在心理層面，按上一章對於人物的分析，可以瞭解到，他一方面想要分解出一個人身上不同人格的展現，一方面也想要藉由心理刻畫來深化這些扁平人物的形象，故他在此以「第一人稱」的敘事觀點來書寫，自有其易於發揮的好處；即從中可以輕易聽見角色的內心話，角色可以自由地、直接地披露個人的想法和情感。

　　所以當村上在情節中安插角色做一些具哲理性的思辨，也不會令讀者覺得突兀，反而更容易使讀者隨著說話人的思緒來思索著義理。例如在《人造衛星情人》中妙妙第一次和小堇單獨會面時，妙妙沒來由地問及記號和象徵之間的區別：「那麼妳〔小堇〕能以不超過兩百字說明『記號』和『象徵』的不同嗎？」[46]這個問題使小堇陷入混亂中，使得她必須在三更半夜求救於「我」，「我」的回答是：

> 天皇是日本國的象徵……不表示天皇和日本國是
> 等價的意思……天皇是日本國的記號，卻表示這

兩者是等價的。換句話說，當我們提到日本國
時，就等於指天皇的意思，當我們提到天皇的時
候，就等於日本國的意思。再進一步說，就是兩
者可以交換的意思。a＝b 就是等於指 b＝a 一樣。
簡單說，就是記號的意思。[47]

在如此的思辨中，不禁令人思及小菫的名字「菫」，
既是小菫的「記號」更是個「象徵」，這與她的身世
和母親的關係有關。以前者言，這只是個用來指稱這
女孩的符號，讓其他人知道：比方說到「『小菫』如
何如何」時，馬上可以理解，說話者就是指那個不修
邊幅、學克羅阿克人物的不起眼女孩如何如何了。叫
「菫」，與叫「直子」、「花子」、「奈美」、「玲
奈」等等沒什麼不同，總之是個名字；然就後者言，
代表她對早逝母親的唯一繫念，代表《莫札特歌曲
集》裏，伊麗莎白・舒瓦茲珂芙與華特・吉賽金的合
作旋律。最重要的，代表被牧羊女無心踩死的一朵可
憐小花的形象。幼年的小菫，一直以為尙堪稱慰的是
母親雖然早死，至少留給了她「開在原野一朵美麗菫
花」的祝福，所以反覆一次又一次地聽，一次又一次
感動。到了中學得知真相，「菫」這名字，彷彿自祝
福轉成了與生帶來的詛咒：好像預告她像早夭母親一
樣，也將有個悲慘結局。這實在叫人心境快樂不起

來，尤其，她又是如此一個缺乏關愛下成長的孩子。

　　或者更進一步，使這些角色的想法成為作者意念的代言人。因此在小說中讀到關於社會的批判或是看待人生意義的論點，讀者和村上的互動就更為緊密了。所以當我們在《舞、舞、舞》中讀到關於「我」對於資本主義社會的看法：「……所謂無謂的浪費這東西，是高度資本主義的最大美德。日本從美國買幽靈噴射機，搞緊急出動以浪費無謂的燃料，世界經濟因此才得以大為回轉，由於那回轉，資本主義才往更高度發展下去。如果大家都不去製造一些無謂的浪費的話，會引起大恐慌，世界經濟可能變得一塌糊塗。浪費這東西是引起矛盾的燃料，矛盾則使經濟活性化，活性化又製造出浪費。」[48]從中雖然有種說教的意味，但在「我」綿密的思索中，也令讀者輕易地想想自己周遭的所謂資本、資訊環境的現況。另外，他也曾經透過《發條鳥年代記》中的久美子和岡田亨對於水母的看法，表達出他對於世界本質的觀感：「……不過，剛才一直看著水母的時候，我忽然這樣想。其實我們眼睛所看到的這種光景，只是世界的極小部分而已。雖然我們習慣性地把它想成這個就是世界，其實並不是這樣。真正的世界是在更黑暗、更深的地方，那大部分是被像水母一般的東西所占據喔。只是我們忘記這個事實而已……」[49]於此所示「以偏概全」

的習慣，正是大眾的普遍心理，恰巧透過他的看法自然地揭示出來。而且以「我」爲角度娓娓道來，好像是作者親切地面對面向讀者述說，因此感受是既親近又誠懇的，故接受度頗高。

二、雙線交錯的敍事

　　另外一個敍事特點則是，村上慣用的兩條故事線並行進展的方式。自從他在《1973 年的彈珠玩具》中將「我」和「老鼠」明確地切開來，用交替出現兩股故事的方式來對照開始，他便常常使用這樣的敍事方式。下面用《挪威的森林》、《世界末日與冷酷異境》和《海邊的卡夫卡》三書爲例說明之。

　　在《挪威的森林》中的兩條故事線分別是「渡邊與直子」、「渡邊與綠」，村上本人對此也做過說明：「書中的『我』與直子和綠之間，並不是他所謂的三角關係。「『我』與直子的關係，以及『我』與綠的關係是平行發展的，不是三角的。」村上說：「真正稱得上三角的是『我』、直子和木漉三人，以及『我』、直子和玲子三人，還有『我』、初美和永澤這三人。這些才是三角關係，因爲三個人有一起進行對話。但『我』與直子和『我』與阿綠之間是互相平行的。」[50]

　　在《世界末日與冷酷異境》中則是，一個現實生活中的「私」與存在於意識中的「僕」所處的兩重世界。在全書四十章中，村上春樹讓「冷酷異境」與「世界末日」這兩個世界交錯呈現，即單數章描寫「冷酷異境」，雙數章爲「世界末日」。就電影術語而言，此即交叉剪接（cross-cutting）的敘事手法，也就是在同一時間內呈現兩個不同空間的平行發展。

　　至於在《海邊的卡夫卡》看到的分別是：田村卡夫卡離家出走後，所遭遇到的種種情形，這是屬於現實情節的發展。另一線是一位叫中田的老先生，他在幼時遭受了一場離奇的事件之後，便失去記憶，直到老年之後，因爲從事「尋貓」的工作，而牽扯進田村卡夫卡的生活中，最後他被某種神秘力量控制住，便來到了田村卡夫卡藏身之所在。

　　在伊戈頓（Terry Eagleton）《當代文學西方理論》中，曾經出現過這樣的分析實例。故事是：「一個男孩與父親爭吵之後離家出走。在炎熱的白天走過森林，掉進了一個深坑。父親出來尋找兒子，向坑裏探望。但坑裏太暗，看不見他。就在這時，太陽正好升到頭頂，光線照到了坑底。於是，父親救出了兒子。他們和解了，一起回到家裏。」分析則是：

　　　他們把「男孩與父親吵架」理解爲「下反抗

上」；「男孩走過森林」是沿著一條水平軸線的
運動，正好與垂直的「上下」軸線形成了對照，
可以看成是「中間」的標誌。「掉進深坑」指低
於水平線的地方。「光線照到了坑底」，表示
「高」屈就「低」，與前面的「下反抗上」相對
照，「父子和解」表示「高」與「低」之間恢復
了平衡。「一起回家」又表示「中間」狀態。一
切恢復正常。[51]

這樣的分析法可從索緒爾（Saussure）以下對於語言分
析的共時性研究中找到靈感，他們希望文學研究也應
該像語言學家一樣，以尋找文學系統的規則或模型。
且在李維史陀（Levi-strauss）、普洛普、托多洛夫
（Tzvetan Todorov）、羅蘭·巴爾特（Roland
Barthes）、吉內特（Gerard Genette）和喬那森·卡勒
（Jonathan Culler）等人方法論的推展下，更堅定用分
析故事結構以揭露其意義的方法。其中相當重要的方
法，便是最好在一連串的二元對立系統中去尋找，而
這些二元對立可由讀者組織並且用來解釋文本。當中
每一個二元運作都可以被想像成一個分數，上面那一
半（分子）通常比下面（分母）那部分更受到重視。

　　所以當我們見到村上慣用「兩條平行故事線」的
敘述模式，不須將他每一部小說單獨分開來觀看，而

是作品整體可以自成一個體系。上述這兩線並行的敘事特點所造就的體系，在於現實和虛幻之間的二元對應。也就是含有「這邊的世界」和「那邊的世界」兩個世界的對照。對於這一點村上是這麼說《挪威的森林》的：「《挪威的森林》也有這個。例如，直子所在的京都療養院的世界就是那邊的世界，而綠所在的世界就是這邊的世界——如果簡單區分的話。不過，與此不同的是，我的意識裏面有兩種像是時間性的東西。這邊的時間性和那邊的時間性。具體來講就是，我用來作為小說舞台的〔一九〕六○、七○年代、八○年代等有限的現實的時間性，以及超越這類東西的非實際時間的時間性。」[52]就實際的狀況言，直子的世界是那邊的虛幻世界，就是在山中的阿美寮，直子是他界的神秘女性形象，因此可以看到在山中第一夜，驀然醒來的「我」發現直子正跪在枕邊地板上凝視「我」的眼睛。直子的瞳仁異常清澈，「似乎可以透過它看到對面的世界」；稍後，直子褪去睡衣沐浴在月光下的裸體，完美得甚至令我「絲毫感覺不到性的亢奮」。這豈不是他界之神秘的女性形象？至於綠的世界呢？綠這個角色是雙腳踏入現實中生存著，並沒有脫離存在的現實。所以縱然綠在兩年前也曾遭逢母親的亡故，如今也要看護著因腦震盪瀕死的父親，她仍不發一語地接受她周圍充滿著死的氛圍，然後努力

地一一體現生的這邊世界。渡邊就這麼在這邊、那邊之間擺盪著，因此在書中的最後，直子的化身者玲子[53]，在直子自殺之後，全身上下穿著直子送給她的衣服出現在「我」的面前，彷彿直子再現地去探訪抱著吉他彈奏的「我」，並且彈著直子喜歡的曲子作為「葬禮」。玲子扮演著從他界來的使者。而過沒多久，兩人抱在一起做愛，「可以在愉悅的時刻愉悅地射出來！」於是被溫柔地引導進行了四次性交的「我」，可以說是被引誘進入他界而心動。

這個時候，「我」受到直子的死所帶來的衝擊感到徬徨，過了一個月渾渾噩噩的放浪生活，才想到「必須重回到現實的世界之中」。但是和玲子交媾之後，又再次陷入不安定的狀態。在上野車站目送玲子離去後，打了電話給綠，「希望兩人的關係能重新開始。」表達了「我」想要重返現世的心聲，可是「我」的聲音卻無法順利地傳達給對方。於是「我」無法回答綠在電話裏頭的問題：「你現在在哪裏？」故事以「我正站在一個我也不知道這裏是哪裏的地方持續地呼喚著綠」——這樣的尾聲，應該是村上經過充分思考之後所寫出來的吧！二十歲的「我」被懸吊在現世與他界之間。

就像《挪威的森林》一樣，兩條故事線並行的敘事方法，其所呈現的就是現實世界和虛幻世界的對

應。《世界末日與冷酷異境》一書是他試著將「我」
拆解成一體兩面的,「私」所面對的是外在的現實,
其中有的是科學、資訊的冰冷和無情,而「僕」所面
對的是內在的虛幻,其中有的則是尋找記憶的情感作
用。這個由回目中也可以看清楚各是怎樣的現實和虛
幻,以「冷酷異境」而言,他以三個詞並列,其中所
選的大都是些現實世界中冷冰冰的名詞,像是人名、
商品名、器具名等,將現實世界中的三個互斥名詞並
列,可以造成這種現實世界的疏離感。以第七節為
例,他把「圖書館」、「頭骨」和「洛琳白考兒」這
三個狀似不相干的名詞相連,會使人覺得「圖書館」
是個單純名詞,在「頭骨」和「洛琳白考兒」的對應
下,只能聯想到那是個冰冷的「知識的墳場」而已。
而在「世界末日」中挑選的名詞是籠統的、不確定
的,就像每個人心目中的「金色的獸」、「上校」、
「森林」……各有不同的感受,即各有各的想像。因
此這些名詞感覺上是有「延展性」、有感情和聯想性
的。所以,一樣是「圖書館」,在第四節中「圖書
館」只是一個單獨的名詞,我們會浮上心頭的是自己
對圖書館的一般印象。像是書很多,可以借書也可以
去參考資料,櫃台小姐的借書還書服務等等,是個有
人的、動態的、溫暖的環境。

　　如是的「我」就這麼擺盪在兩個世界間,在《尋

羊冒險記》中，「我」、「老鼠」面對著組織及歷史
背景，由中看到的是寧靜、冰凍、封閉的虛幻理想世
界和紊亂、荒謬、充滿衝突的現實世界。故對應於
《海邊的卡夫卡》，在田村卡夫卡「這邊」的現實世
界和中田老先生「那邊」的寧靜理想世界，一樣描繪
出兩條故事線所帶來的兩重世界，對於這樣的兩重世
界，村上本人曾經做如是的說明：「我在《發條鳥年
代記》中寫著『現在』必定和過去歷史的黑暗相連
接，回想起來，不禁再次重新認識到，我總是一直在
嘗試寫這種黑暗。在《世界末日與冷酷異境》中，自
己內面的黑暗也是和東京地下黑鬼的黑暗相連接。」[54]
因此在黑暗的那邊，正因為現實的這邊的照澈才顯現
出來，故如此顯現清晰的二元對立狀況，可以使自己
的處境更加清明，這是面對自我、面對困境的首要步
驟。

註　釋

1 以下關於《海邊的卡夫卡》的相關論述均收錄在此網頁上，網
址：www.joetsang.net。2004.4.15 瀏覽。於此，除了對《海邊的
卡夫卡》有這樣的說詞之外，其他也有像這樣不同的看法：
「……這幾年村上的確也有些小說中譯本出版，但短篇讀不出什
麼興味，比較長一點的《人造衛星情人》讀完，則讓我一陣黯然
——似乎村上春樹已經寫不出什麼有趣的故事來了，這點實在讓
我覺得很可惜。」（同上網址）

2 村上春樹著，張致斌譯，〈睡〉，《電視人》，台北：時報，
2000，頁 126-127。

3 同前註，頁 149。

4 同前註，頁 149。

5 同前註，頁 143。

6 同前註，頁 148。

7 村上春樹著，張致斌譯，前揭書，頁 160。

8 同前註，頁 165。

9 轉引自李維史陀（Claude Levi-Strauss）著，陸曉禾、黃錫光等
譯，《結構人類學》，北京：文化藝術，1989，頁 118。

10 功能有四：(1)人物的功能是故事裏固定不變的成分，他們不受
人物和如何完成的限制，構成故事的基本要素。(2)功能有數量
上的限制。與出場的巨大數目相比，功能的數量少得驚人。(3)
功能順序永遠不變。(4)就結構而言，所有的童話都屬於同一種
類型。

11 詹慶生，〈《西廂記》的結構主義解讀〉，《中國比較文
學》，總第 51 期（2003 年 2 月），頁 91-104。

12 楊照，〈記號的反叛——台灣的村上春樹現象〉，收錄在鄭栗
兒主編，《遇見 100％的村上春樹》，台北：時報，1998，頁
16。

13 見村上春樹著，賴明珠譯，〈與河合隼雄的對談〉，《約束的場所》，台北：時報，2001，頁 210。

14 同前註，頁 223。

15 村上春樹著，賴明珠譯，《聽風的歌》，台北：時報，1988，頁 17。

16 同前註，頁 40。

17 同前註，頁 103。

18 同前註，頁 109。

19 同前註，頁 84。

20 村上春樹著，賴明珠譯，《挪威的森林》，台北：時報，1997，頁 65。

21 村上春樹著，賴明珠譯，《1973 年的彈珠玩具》，台北：時報，1995，頁 15。

22 村上春樹著，賴明珠譯，《國境之南、太陽之西》，台北：時報，1988，頁 79。

23 村上春樹著，賴明珠譯，《尋羊冒險記》，台北：時報，1995，頁 65。

24 請參考深海遙著，賴明珠譯，《探訪村上春樹的世界》，台北：城邦文化，1998，頁 25。

25 村上春樹著，賴明珠譯，〈我一向都比較反叛〉，收錄在鄭栗兒主編，《遇見 100％的村上春樹》，頁 34。

26 村上春樹著，賴明珠譯，《海邊的卡夫卡》（上），台北：時報，2003，頁 59。

27 同前註，頁 308。

28 同前註，頁 59。

29 村上春樹著，張致斌譯，《象工廠的 Happy End》，台北：時報，2000，頁 48-49。

30 於一九三六年建造，原為細川侯爵邸，本館前庭園寬闊，碧草如茵。現在也提供作為學生社團活動和舉辦宿舍畢業生聚會等的場所使用。

31 村上春樹著，賴明珠譯，《挪威的森林》，頁 18。

32 同前註，頁 19。

33 同前註，頁 38。

34 同前註，頁 29。

35 這是一間播放爵士樂的餐廳。於一九六七年在紀伊國屋書店旁的大樓地下室開幕。它的氣氛和設計都特別脫俗，而且猛放約翰・柯川的薩克斯風。

36 村上春樹著，賴明珠譯，《挪威的森林》，頁 219。

37 同前註，頁 40。

38 同前註，頁 335。

39 村上春樹著，賴明珠譯，《國境之南、太陽之西》，1988，頁 77。

40 村上春樹著，賴明珠譯，《聽風的歌》，頁 54-55。

41 村上春樹著，賴明珠譯，《舞、舞、舞》（上），台北：時報，1997，頁 175。

42 韓良憶，〈村上義大利麵〉，網址：www.geocities.com。2003.5.20 瀏覽。

43 廖瑞銘主編，《大不列顛百科全書》第六冊，台北：丹青圖書，1987，頁 71。

44 馬振方，《小說藝術論稿》，北京：北京大學，1991，頁 333。

45 村上小說中的「我」不論在飲食習慣、生活形態、休閒興趣、對小說創作的看法等方面，都和村上本人不謀而合。

46 村上春樹著，賴明珠譯，《人造衛星情人》，台北：時報，1999，頁 31。

47 同前註，頁 37-38。

48 村上春樹著，賴明珠譯，《舞、舞、舞》（上），頁 40。

49 村上春樹著，賴明珠譯，《發條鳥年代記——第二部預言鳥篇》，台北：時報，1995，頁 77。

50 Arthur 編譯，〈村上春樹談《挪威的森林》〉，網址：www.geocities.com。2003.5.20 瀏覽。

51 這兩個例子來自泰瑞・伊格頓（Terry Eagleton）著，王逢振譯，《當代西方文學理論》（*Literary Theory：An Introduction*），北京：中國社會科學，1988，頁 140-141。

52 村上世界研究會著，蕭秋梅譯，〈兩個世界〉，《村上春樹的黃色辭典》，台北：生智，2000，頁147。

53 和直子生活在同一個房間，直子死的時候，留下一張便條紙，上頭寫著「所有的洋裝都送給玲子」。

54 村上世界研究會著，蕭秋梅譯，前揭書，頁178。

第五章
主題意識

　如上章所說，村上喜將其小說設定在特定的時空背景下，然後讓典型性人物身處其中，由此開始顯現小說內涵的哲理層次。所以，縱使外表看起來他的筆調輕盈、沒有大聲疾呼、沒有太大的情緒起伏，卻是切切實實地在處理關於「人的處境」的議題，在這裏他的表達是有層次、有系統的。於此章中，將針對此層次加以闡明。

　首先，是面對第四章所提及的時空背景分成兩節來探討，第一節先談那一九六○、七○年代究竟被什麼樣的氛圍所包含了？而身處其間的「我」，有著什麼樣的反應呢？這樣的反應，代表什麼意涵呢？接著，在第二節中面對都市這樣的空間時，所謂人文、人性是否已被掩蓋了？那取而代之的大量商品化、資訊化，所要討論的是，是否使得人的處境更加尷尬、更加艱難？而當人由一九六○、七○年代以及都市的入口進入時，必須開始認真思考自我定位的問題，其中最直接的衝擊便是生死的問題，針對此，有所覺知的個體，開始尋找屬於他自己適用的出口；關於這個思考方向，隨著村上小說的演繹，的確也提示了幾個尋找出口的方式，這樣的入口、出口的議題便是第三節想要探討的重點。

第一節　時代氛圍

一、反轉與騷動的一九六〇年代

從村上的第一部作品《聽風的歌》起，接連而下的《1973 年的彈珠玩具》和《尋羊冒險記》，是用「我」爲敘述者的一系列作品，這三部曲的寫作年份分別在一九七九、一九八〇和一九八二年，然而故事則是聚焦在一九七〇及一九七三，再回溯到一九六〇年代，即村上親身走過的全共鬥時期。而這個從一九六八、一九六九年跨越到一九七〇年的時代氛圍是什麼呢？首先他本人是這麼看待「一九六〇至一九七〇年」的：

> 對我們這一代人來講，「全共鬥」也好，「政治反叛」也罷，這種反對既存社會文化的體驗是後天性的。它始於六七年或六八年，給六〇年代打上了一個句號。但絕非意味著支配整個六〇年代的潮流。我是這樣看的。所以，我對把我們一代簡單地稱爲「全共鬥」一代這種說法頗爲牴觸。誠然，我們是經歷了以「全共鬥」爲形式的風風

雨雨的時代，但我自身感到，對我的一代最為重
要的部分，似乎是被包含在其地下岩漿的形成
期。也就是說，我們是伴隨著六○年代前期和中
期的經濟高度成長的「戰後體制」的崩潰而成長
起來的。「全共鬥」的確包含諸多要因，但其最
終的意義還是在於「戰後體制」及其價值觀的消
亡。我們是用膠片去記錄這一消亡，還是用照片
去捕捉它，對每個人來說的確產生過混亂，也由
此而導致分裂和被鎮壓，在一九七○年這一時點
上時間被凍結起來。[1]

由此可見，戰爭、戰後體制到全共鬥是歷史上一貫而
下的因果關係，這也是促成當時氛圍的主因，故在此
先考察由村上本人所參與的全共鬥。

這個學生運動的由來是延續自戰後一連串而下的
反制活動，因為日本身為第二次世界大戰的戰敗國，
他們開始對於國家強權和皇制的存在產生了質疑，且
在美國刻意鼓舞民主化的情況下，使得勞工運動和學
生運動逐漸活躍起來。

於是，各種運動和市街反戰運動的高潮聯繫起
來，自一九六八年起大規模的全國學園運動正式開始
了。他們反對學園內的強壓管理，反對學校當局與財
界、政界的結合，反對學費的高漲等。這些運動統稱

為「全共鬥運動」，就在各大學間開始串聯，其中日
本大學、東京大學等都在其列……[2]

　　這樣全面性的學生抗爭風潮，當然也吹進了村上
剛進入就讀的早稻田大學，當時這間大學的校園充斥
著大字報標語牌，此時不管你喜不喜歡，都被深深吸
進了標語牌林立、傳單充斥的那種時代空氣中。村上
曾淡淡地以戲謔的語調形容著：

> ……不過因為這是我有生以來第一次開始一個人
> 住，因此每天的生活都非常快樂。大體上一到晚上
> 就走下目白的斜坡到早稻田一帶去喝酒。而且一喝
> 一定喝得爛醉……一喝醉後就有人會做擔架送我回
> 宿舍。那個時代要做擔架真是方便。因為到處都充
> 斥著標語牌……不過只有一次標語牌在目白的斜坡
> 上破了，因為是石階，我的頭碰得好慘。因此頭痛
> 了兩三天……[3]

如此由反戰而起的大規模抗爭，其實和西方世界是接
軌的，是屬於世界性的風潮，而這種風潮的內涵若藉
由深受村上喜愛的披頭四音樂更可以得到理解，因為
披頭四正是那個時代的主人，所以追尋披頭四可更清
晰地掌握到當時的時代感。

　　披頭四在一九六四年登上美國大陸時是一件極轟
動的大事，當時除了掀起眾人瘋狂地支持外，唱片的

排行和銷售量也是無人可比的，例如我們熟知的〈昨日〉（Yesterday）到一九七五年已被翻唱了一千一百八十六次，到一九八〇年代末尾，被各地電台播放總共一億次以上。這樣的風潮是如何造成的？當時美國正處於後戰爭時期，反戰思潮方興未艾，所謂美式的英雄主義正被越戰、韓戰嘲弄著，原有的熱情和理想已無所適從，尤其新一代的中堅——大學生——失去賴以立足的生活信仰，於是享樂和虛無的空氣在人心中瀰漫，憤世嫉俗、沉默寡言也是普遍的，唯一關心的只是日常事務——找工作、逛街，然後沒有自主意識地接受上一代所謂的「美好的生活」。然而，生活中沒有心靈信仰的憑藉真的可以嗎？其實答案是否定的，因此不禁使人的內心感到無比的恐慌。所以當披頭四那種洋溢著樂觀的新鮮活力和天真無邪的氣息出現時，便感染了那物質化、無信條的空虛與不安的心，因此自然而然蔚為風潮。

但是隨著「成名」，替他們自身帶來了矛盾，他們回憶道：「我們的事業愈發展，就愈發現與現實脫節。漸漸地，我們捲入漩渦之中，做的是自己討厭的事情，面對的是自己從小就憎惡，現在更難以忍受的人。」[4] 總之，金錢和盛名給了披頭四一切，但在音樂上他們的空間愈來愈小，形體和精神的矛盾已然顯現，甚至使他們沉溺在迷幻藥之中。而這何嘗不是再

度掉落到時代氣氛的泥淖中。

　　不過披頭四也想有所突破，故一方面持續反戰或堅持理想主義的想法，相信理想、鮮花和愛就能使世界大同；另一方面則創造了屬於他們最偉大、最著名的專輯唱片──〈花椒軍曹寂寞芳心俱樂部〉（Sgt. Pepper's Lonely Hearts Club Band），此曲融合了世界多處的音樂元素，例如：古典管弦樂、印度音樂、馬戲團表演現場的聲音、公雞鳴叫聲等，如此大量複雜的運用音樂，可以對東方宗教、西方迷幻劑的結合得到最終的理解，以及對理想的嘗試和對搖滾樂的開拓，就這麼積極地藉由這樣拼貼、複合的曲風產生了世界大同的意涵，這是他們深切的欲望，因為藉此可以安慰浮躁的心靈。而這樣的創作恰巧適合用來面對騷動、矛盾不安的年代，因為身處於這樣騷動、矛盾的年代，如何取決都無法盡如人意，故採取如此超越融合的詮釋方法，便是以積極、熱情的方式來擁抱生命的作法。就村上自己所言，這首曲子陪伴他完成了《挪威的森林》一書：

　　　　這本小說是在南歐寫的……在雅典的便宜旅館房間裏沒有所謂桌子這東西，我每天都走進非常吵鬧的塔貝爾納（taberna 小餐館）裏，用隨身聽耳機一面反覆聽了一百二十次左右之多〈花椒軍曹

寂寞芳心俱樂部）（Sgt. Pepper's Lonely Hearts Club Band）錄音帶，一面繼續寫這本小說。在這層意義上，這本小說受到藍儂和麥卡尼 a little help 的。[5]

村上在創作的過程中，就這麼從中感受著一九六〇年代那種騷動、矛盾的本質和氛圍。

由上可見，「披頭四」之於「六〇年代」的象徵意義。因此不難想見村上春樹為什麼會在書中不禁說出：「他們（披頭四）的確很瞭解人生的悲哀和溫柔。」[6]村上春樹在這樣的時代氛圍下，自然地呈現出青春戀曲的青澀和生命的沉重，這是珍貴、豐富而又充滿矛盾的。由於他揭露了生命中極其「本質」的一面，因此引發了摸索中的年輕生命的共鳴，所以一切看似那麼「不知其所以然」的孤獨、虛無和憂鬱，卻是他們生命中最清晰的譬喻。

二、輕與重

不論由「學生運動」或是「披頭四」都可以看出，其所透露的時代氛圍深深滲入了荒謬和矛盾。最初的理想熱情以及高昂的情緒，最終都被發展的過程消解殆盡，就像戰後一度的高度經濟發展，似乎已達

到好似以前所追求的「和平」及「豐盛」的目標了，
但爲了保持經濟成長所帶來的「和平」及「豐盛」
感，整個社會的資源在不自覺間已被重新編配，真正
控制市場結構的反而是物質，「人」由是而異化爲零
件。「幸福感」的追求再不從屬於「人」的本體之
內，它成爲操縱「人」去工作及生活的無形中樞神
經。

　　就在這樣的騷動和矛盾中，不僅村上自身流露出
不滿的情緒，他也透過小說人物的不平之鳴，或是故
意漠視這個時代風潮，來對這一切的荒謬表達了深切
的諷刺。

　　先就村上自身的反應而言。一般的讀者都認爲
「全共鬥」之於他應該是影響深切的，因爲他的小說
常常出現「全共鬥」的事件，而且他也親身參與過。
不過當他接受洪金珠訪問時，洪金珠問道：「您在大
學時代曾經參與學生運動，這是否也相對影響到您後
來的寫作？」他除了否認這個事件對他的寫作產生影
響外，還特別說到「革命」一詞根本是令人質疑且不
可信任的　：

　　　　當年搞學運的人很多，我不過是其中的一員罷
　　　了。學運對於我的小說並沒有什麼影響，那次的
　　　學運倒是讓我「對於文字失去信賴」。例如，有

一個名詞叫作「革命」，我們一聽到這個字眼就心跳加速，興奮得不得了。當時，我們都覺得這個字眼非常正確、有正義，但事情過去後才發現，「革命」不過是個「語彙」罷了。我因此對於「好聽的語詞」不再有信心，從此我也不想借用人家的語詞，我只想創造自己的新語彙。[7]

沒錯，正因為「革命」一詞本身沒有實質的意義，所以在《聽風的歌》中，當「老鼠」被「我」問及為何從大學中退學時，「老鼠」正好說出一切有關自己在學生運動中的經歷和對這些作法的感受：

「為什麼不去（大學）了？」「不曉得，大概膩了吧！不過，我也曾經努力試過，連自己都難以相信地認真過。對別人的事情也跟對自己的一樣設想過，因此也被警察打過。不過時候一到，大家還是都回到自己的地方去。只有我沒地方可以回去。就像玩大風吹一樣。」[8]

這一切對他而言沒有說服力，所以即使轟轟烈烈地做了也不知其中代表什麼，心裏一點都不踏實，那麼林林總總的這些不過是戲謔的遊戲罷了。村上為了因應失落的情緒，他並沒有正面刻畫當年的氛圍，而是將自己親身參與的重大政治歷史事件當成不經意出現的

故事背景，以表示當年所執持的理想於轉瞬間早已灰飛煙滅了。因此他曾以數字、純記號的方式來記錄這一段歲月：「由一九六八年的八月十五日開始至翌年的四月三日為止，我出席了三百五十八回的課，做了五十四次愛，吸了六千九百二十一根菸。」[9] 而這樣的數字記載其實深藏著弔詭，它們只是純粹為了溝通而製造出來，但又不含任何具體意義——換句話說，是為了不做溝通的一種溝通方式，因為他們曾經嘗試以最熱情、最直接的行動來聲援這普世的價值，但隨著社會進入「和平氾濫」和「經濟高度發展期」，所有的人根本無力抵抗地被吸納進物質環境中，只能使得向來抱持的理念被曲解化和矛盾化，那麼這一切最終的意義都被消解了。

　　接著，再透過小說中的「我」對於「學運」的不滿，可以清楚地感受到心中的吶喊是多麼的深切和無奈。在《挪威的森林》中，「我」除了選擇沒有積極參與此事之外，「我」更在看到校園封鎖被機動隊瓦解後，第一個率先出席上課的居然是罷課的領導者時，他發出了憤怒之聲：

　　暑假裏大學請求機動隊出動……
　　到了九月，我抱著大學已經幾乎化為廢墟的期待去看看時，大學竟然還完全無傷地在那裏。圖書

館裏的書既沒被掠奪，教授室沒被破壞掉，學生
上課的建築物也沒被燒毀。那些傢伙到底在搞什
麼嘛！我愕然地想道。[10]

再者他對「學生運動家」也有著反彈的情緒：「喂！
Kizuki 這是個爛透了的世界。」「就是這些傢伙確實
拿到大學學分，走出社會，勤快地製造卑鄙社會
的。」[11]

另外，從《海邊的卡夫卡》中佐伯小姐青梅竹馬
的男友死亡的原委，一樣可以看到村上一直強調的荒
謬和不可理喻之感：「二十歲的佐伯小姐的男朋友死
了。正當〈海邊的卡夫卡〉大暢銷的時候。他就讀的
大學正在鬧罷課，校園封鎖中。他為了幫一個住進封
鎖校園的朋友送吃的東西時，鑽過封鎖用的路障。那
時是晚上的十點前。占領學校建築物的學生們，誤以
為他是對立派系的幹部而逮捕他（臉長得很像），把
他綁在椅子上，以間諜嫌疑『審問』他。他向對方說
明被認錯人，卻一再挨鐵管和木棒亂打。倒在地上
了，還被用靴子底亂踢一陣。在黎明前他就死了。頭
蓋骨凹陷、肺臟破裂。屍體像狗的屍骸般被丟出在馬
路邊。兩天後在大學的要求下機動隊開進校園，數小
時間就簡單地解除了封鎖，把幾個學生以殺人嫌疑逮
捕。學生承認犯罪行為，受到法院起訴，以原來並沒

有殺人的意圖，兩個人被判過失致死罪，宣告短期徒
刑。對誰來說都是沒有意義的死。」[12]是啊！一句簡單
的沒有意義就已有了明確的貶意。也正因為如此的沒
有意義，正印證《聽風的歌》中所說的：

> 「我們用她的點唱機一面放唱片聽，一面慢慢吃
> 著東西。在那時間裏，她問我一些大學的事和東
> 京的生活。沒什麼特別有趣的事。譬如用貓做實
> 驗（當然不殺死，我這樣說謊。說主要在做心理
> 方面的實驗，其實我在兩個月裏殺了三十六隻大
> 小不同的貓）、示威遊行和罷工的事，然後我把
> 被機動隊打斷的前齒痕跡給她看。」
> 「想復仇嗎？」「開玩笑。」我說。「為什麼？
> 如果我是你，我就把那警察找出來，用鐵鏈把他
> 的牙齒敲斷幾根。」「我是我，而且那都是過去
> 的事了。而且機動隊員每個都長得差不多，實在
> 找不出來呀。」「那不是沒什麼意義嗎？」「意
> 義？」「連牙齒被打斷的意義呀。」「是沒有
> 啊。」我說。[13]

由上可以見到，「我」同女孩子談到關於大學中所發
生的示威、抗爭一事，居然與因實驗而殺死貓的行徑
擺放在一起，以此顯示他們在實驗中殺死貓的動作是
理由充分、名正言順的，卻也顯現了整個過程是既殘

忍又公式化，那麼對應於積極參與的抗爭活動，似乎也不是爲了理想，而只是在那樣的時代氛圍下，不得不然地盲從罷了。

最後，再從村上的記述筆法中，一樣可以感受到他對於這樣的時代氛圍的反抗，即相對於歷史的「沉重」之感，村上選擇了以漠視或男女之愛的「輕」來記載。例如在《國境之南、太陽之西》中，由於內心的無奈，所以他只願意回想起和泉所度過的日子，而弔詭的是，擺放在他和泉之間的交往，其實也不是什麼刻骨銘心的過程，反而只不過是一次又一次的交媾而已。如是的記憶方式一樣出現在《聽風的歌》中，新宿街頭激烈的示威被當成了他認識第二個女友的背景：「第二個對象，是在地下鐵的新宿車站裏遇見的嬉痞女孩。她才十六歲，一文不名的，連睡覺的地方都沒有，而且連乳房都幾乎沒有。倒有一對看起來頭腦不錯的漂亮眼睛。那是新宿鬧示威遊行鬧得很兇的夜晚。電車、巴士，一切都完全停止。」[14]

總之，這樣的記憶、記錄方式，在在都凸顯了這段歷史的悖論，人身於其中，除了面對外，別無他處可以躲藏，因而在不得不接受之際，只好選擇這樣冷漠的態度，將自己變成歷史的局外人來加以諷刺，而這樣冷然的諷刺感其實是深刻異常的。而村上如是的觀感和態度，表現得最爲明顯的莫過於《發條鳥年代

記》。在此書中，他一反常態地大量談論和擺入與戰
事有關的歷史，這些看似是一連串無關緊要的資料，
其實是從旁由間宮中尉的遭遇、長信和西納蒙隱約創
造出關於外祖父在滿洲的見聞中，強烈感受到人被逼
迫參與在不得不然的時代氛圍，所發出最深沉的質
疑：

> 於是連我們都弄不清楚誰是敵人。所以我們聲稱捉
> 匪賊，捉殘兵，而殺了許多無罪的人，掠奪糧食。
> 戰線一直往前推進，補給卻追不上，因此我們只好
> 掠奪。收容俘虜的地方因為沒有糧食，而不得不殺
> 掉俘虜。這是不對的。在南京一帶做了非常糟糕的
> 事喲。我們的部隊也做了。把幾十個人丟進井裏，
> 從上面丟進幾顆手榴彈。還做了一些其他說不出口
> 的事情。少尉，這個戰爭沒有大義可言。這只是互
> 相殘殺而已。而被踐踏的，結果還是貧苦的農民。
> 他們沒有什麼思想。沒國民黨、張學良、八路軍、
> 日本軍，什麼都沒有。[15]

明明是慘烈的世界大戰，但是到頭來什麼都沒有、什
麼都不是，那麼無論是誰在這樣的時代和歷史中都被
嚴重嘲弄著。因此村上看似輕鬆、毫無嚴肅可言的內
容，其實內心是沉重的吶喊。湯禎兆就曾以「歷史的
洞見與不見」指出其間的端倪：

《發條鳥年代記》與過去冒險歷奇作品的最大差異，是對歷史透過口述的沉溺追求。曾經有好一段日子，我推想「三部曲」的歷史包袱是一個聰明幌子。村上春樹刻意營造出飽經學運時期風浪的主角人物，把當年的經歷隱而不談；以無言的狀態加重歷史的沉重感，令人望而生畏。暗地裏，我忖量隱藏的部分正是村上春樹冷然抽離的生活年代，把自己不知的狀況化為無言的包袱，而產生強大震撼力，這場假局布得幾至天衣無縫。[16]

正因為有種震撼力，所以即使村上想隱藏自己的企圖，一樣會被明眼人識破，就像在《海邊的卡夫卡》中我們一樣會特別留意，他故意設計那兩個固守在世界入口者的身分就是二次世界的逃兵，會聚焦在從他們口中說出的理由，他們究竟是如何消極地抗拒被指派去參加大戰、去從事殺人的事。雖然一樣不過是淡淡地述說其中的不滿，但村上反抗和凸顯矛盾的用意是明顯的。

總之，從世代論來說，村上的學生時代，即一九六〇年代後半，恰逢「越南戰爭」、「大學鬥爭」等「政治季節」，的確有著什麼樣特殊的氛圍：「我出生於一九四九年，一九六一年進入中學，一九六七年

念大學，之後如多數人一般，在熱鬧滾滾中，迎接我的二十歲。所以就如同字面所呈現的一般；我是六〇年代的孩子。那是人生中最容易受傷、最青澀，但也是最重要的時期。因此這最重要的六〇年代裏，我們充分地吸收這個時代的粗暴空氣，也理所當然地任命運安排我們沉醉其中。從門、披頭四到巴布·狄倫，這些背景音樂已充分發揮了它的作用。在這所謂的六〇年代裏，確實是有著什麼特別的東西呢。即使現在回想起來，我也是這樣認爲，那時更是這樣認爲。六〇年代究竟有什麼特別的呢？」[17] 雖然這一切可能都已遠離新世代的讀者們，即這些在一九六〇年代日本發生的全共鬥學潮、披頭四旋風，與年輕的讀者本身的歷史一點關係也沒有，不過村上巧妙地以他的筆調，將這一切特有的不自由（歷史事件）與自由（披頭四和巴布·狄倫所代表的音樂）微妙共存所產生外表看似輕鬆的虛無主義，但背後其實隱藏著「絕望」的壓迫感呈現出來。這正與年輕生命慣有的焦慮和懷疑同步。

第二節　都市與人

一、前資本主義與高度資本主義社會

　　第四章第二節中曾討論關於村上小說的空間設定，無論是多處日本的繁華都市或是那些商品道具，都可以清楚看出，小說中設定的社會背景都與資本主義、自由經濟和都市生活有關；而且從他在小說中的論述也可以看到他特意鑿刻的痕跡。

　　村上春樹曾在一篇名為〈我們那個時代的民間傳說——高度資本主義前史〉的短篇小說中，直接點明「高度資本主義」這個名詞，而他是這麼沾沾自喜地看待未進入高度資本主義社會之前的社會，自認為其中的確有什麼特別的：

> 時代變革所產生的熱力、當時所立下的約定、某種事物在某種時期所發出的某種特定的光輝，以及像是把望遠鏡倒過來所看到的宿命般的焦慮，英雄與惡棍、陶醉與幻滅、殉道與改變信仰、總論與個論、沉默與雄辯，以及無聊的等待，et cetera（等等），et cetera。無論哪個時代都一定會有這些東

西，而且現在也一定有。可是在我們那個時代裏，
這些東西一個個都清清楚楚，以隨手可得的形態存
在著……而且不會像現在這樣，如果要去拿什麼東
西，誇大不實的廣告啦、有用的相關資訊啦、折價
券啦、升級套件啦，這些複雜麻煩的玩意兒就會一
個個緊接而來……我們可以很簡單地取得東西，然
後帶回家。就像在夜市買小雞一樣，非常簡單而粗
野。[18]

由是村上以「高度資本主義」將世界簡單地區分爲兩
期。在未進入高度資本主義時，一切都是簡單而直接
的，就連複雜的思緒和問題都可以辨識得非常清楚，
所以可以理直氣壯地生活著。但是當商品物質大量進
入到世界時，人心開始受到這些物質的障蔽，無法再
由己身來主導，即人的主體性開始受到了挑戰。另一
方面人也覺得生活變得複雜起來了，甚至到了無法應
付的境地，致使一切都起了變革。其實回過頭來看看
環境和狀況並沒有不同，因爲歷來的問題都是一樣
的。

　　當然「高度資本主義」有前史，那麼接下來就真
正進入到高度資本主義的時代中了。其中最明顯的莫
過於村上將整部的《舞、舞、舞》就設定在高度資本
主義的社會中。首先，當中最明顯的指標，莫過於那

幢「我」以前住過的海豚旅館，現在改建成二十六樓高的超現代化的 "Dolphin Hotel" （海豚飯店）了；接著，便是以「五反田」來象徵高度資本主義的存在，因為對於得到一切的他而言 [19]，和女人睡覺、買車子、吃飯，一切都被設計成可以用經費報帳，當中最物化的應屬召妓一項了：

> 「你有沒有花錢跟女人睡過？」他〔五反田〕問。「沒有」，我說。「為什麼？」「想都沒想過。」我坦白回答。五反田君聳聳肩，對這點想了一下。「不過今天晚上你不妨陪陪我。」他說。「我來叫跟奇奇一起來過的女孩。或許她知道一點她的事也不一定。」「一切由你安排。」我說。「不過我想這個總不會也以經費報帳吧？」他一面笑著一面把冰放進玻璃杯。「或許你不相信，不過可以報噢，這個。制度是這樣成立的。名義上是宴會服務公司，還給你正式的乾乾淨淨閃閃發亮的收據呢。設計複雜得就算有人查帳，也不那麼容易知道。而且跟女人睡覺也大大方方成為接待費。真是厲害的世間。」「高度資本主義社會。」我說。[20]

總之，五反田生活的一切都已經被維持明星形象的系統所組合進去了。另外，從偵查殺人事件的赤坂

署刑警對五反田所涉及的高級買春組織事件的觀感中，亦可強烈感受到這樣一個強化物質的世界的確與一般人的生活產生了距離：「叫一次你能付得起七萬元嗎？我可付不起嘞。不是開玩笑。那還不如死了心回家抱老婆，買新的腳踏車給小孩。」[21]

除了以這些具體的例證來凸顯這樣的社會外，在本書中，村上更是直接且不斷地提及這個名稱，其中包括「我」處於其中，但因為無法適應而帶來的孤獨和恐慌感：

> 好久以前。某個冰河期和冰河期之間。總之是很久以前了。侏羅紀，或哪一類的過去。而且大家都消失了。無論恐龍、大怪獸、劍虎，或打進宮下公園的瓦斯彈都消失了。然後高度資本主義社會來臨。我一個人孤零零地被遺留在這樣的社會裏。[22]
>
> 我對自己沒有自信。而且我大概會在這個高度資本主義社會的大象墓場般的地方，像這樣一面自言自語一面腐朽下去吧？[23]

甚至，他還對這樣的世代加以定義和註解：

> 巨大的電腦使它成為可能。而存在於世界上的一切事物和事象都悉數網羅其中。由於集約和細分

化使資本生活這東西昇華為一種概念。如果說得極端一點，那甚至是一種宗教性行為。人們崇拜著資本擁有的動力主義⋯⋯這就是所謂的高度資本主義社會。不管你喜不喜歡，我們就活在這樣的社會裏。連所謂善惡的標準都細分化了、詭辯化了。善之中也有新潮的善和非新潮的善。惡也有新潮的惡和非新潮的惡。新潮的善之中也有正式的和休閒的，有熱的，有酷的，有合潮流的趨勢的，有假道學的。搭配組合還頗好玩的。就像穿 Missoni 的毛衣、配 Trussar 的長褲、穿 Pollini 皮鞋一樣，可以玩複雜的樣式。在這種世界，哲學家逐漸類似經營理論。哲學家逐漸接近時代的動力主義。[24]

再者，連於其中的意義都會受到質疑，因為「我們活在高度資本主義社會裏呀。在這裏浪費是最大的美德。政治家稱其為內需的洗鍊化。我稱它為無意義的浪費」[25] 而且關於自己的工作他也將之形容為就像蒐集垃圾和剷雪一樣，是一種文化性的半調子工作：「那是為某女性雜誌介紹函館美味餐飲店的企劃。我和攝影師去轉了幾家餐廳，由我寫文章、攝影師拍照片。總共五頁。女性雜誌需要這一類的報導，而必須有人來寫這樣的報導。就像蒐集垃圾和剷雪一樣的

事，不得不由誰來做，和喜不喜歡沒有關係。」[26]

在這一連串冷漠和事物性的論述中，沒有關於人的情感和意義，儘管環境中的物質是多采多姿，但人的精神似乎頓失依靠，甚至可以說在遭受都市化、商品化的影響和壓迫下，人的主體性喪失了，這時可以說是替村上小說中那些孤獨、疏離的年輕靈魂找到了孕育的溫床。

二、異化及其由來

依村上春樹所言，人之所以在高度資本化社會中會產生這樣的疏離感，主要是來自於充斥商品、消費文化等的深層心理作用，當中將涉及人是否仍保有主體性的問題。當馬克思在《資本論》中提出商品拜物之後，便注意到當產品變成商品之後，人便陷入異化的狀況，馬克思商品拜物教（fetishism of commodities）的起源論述是這樣子的：

> 可見，商品的奧秘不過在於：商品在於人們面前，把人們勞動的社會性質反映成勞動產品的物的性質；在於把生產者同總勞動的關係反映成並非生產者與生產者之間的社會關係，而是勞動產品與勞動產品之間的社會關係……事物的商品形

式，以及使勞動產品成為商品的勞動產品間之價值關係，與勞動產品的物理性質及由此產生的物的關係完全無關……這只是人們自己一定的社會關係，但它在人們面前採取了物與物關係的虛幻形式。因此，如果要找一個比喻，我們就得逃到宗教世界的幻境中去。在那裏，人腦的產物表現為賦有生命的、彼此發生關係並與人發生關係的獨立存在物。在商品世界裏，人手的產物也是這樣。我把這叫作拜物教。勞動產品一旦作為商品來生產，就帶上拜物教性質，因此拜物教是與商品生產分不開的。[27]

於此，勞動者的產品脫離了勞動者的控制，取得了產品本身的自主性，而且將會對勞動者施展出彷彿魔法般的力量。所以在資本主義的生產過程中，人不能依其原先的意圖主導、控制其活動產物（商品），反倒被其活動產物所主導、壓制。因為在市場上流通的商品價值將區分為「交換價值」[28] 和「使用價值」[29]，其中交換價值在文化商品領域中以一種特殊的方式行使權力。總之，對資本主義而言，交換價值始終支配著使用價值，因為資本主義的經濟週期涉及到商品的生產、銷售和消費，它始終支配著人們各種真正的需求。

　　簡單略舉一例，廣告除了推銷商品之外它還有一個功能──創造意義。它賦予了商品實用價值之外的「交換價值」，透過商品的使用，消費者更可從中獲得地位、尊榮、快樂等。故造成了商品外表和功能斷裂、分離的現象。當一位富有男子氣概的英挺半裸男子使用某一品牌的刮鬍刀而將鬍子刮得一乾二淨時，刺激了消費大眾的購買欲，我們很難知道此時的消費者不知是想買一把品質優良的刮鬍刀，還是透過購買刮鬍刀這樣的行為來建立一種「男子氣概」的想像；當三菱汽車打出「唯一將幸福列為基本配備」的文案時，這抽象的感受反而是購車者認同的獨特配備，其他什麼四輪傳動、鋁合金鋼圈、天窗、六門汽缸都是次要的了。如此透過廣告的精緻包裝，商品投射出階級品味，號稱可以反映人際之間的情感，連結基本的社會關係，並透過個人或集體的意義詮釋，建構了特殊的商品文化與價值；正因為如此，所以消費者會思及所謂「泛亞家族」或投身任賢齊關於「琳達或安琪」的抉擇中。

　　由上可以清楚地看到人是如何受制於商品，而且村上創造出充斥商品的都市，並不是要表達人對於都市的感受，而是以都市這個無機的語言來傳達他的感受，就像日本評論家川本三郎以為的，他是一個表達「都市感受性」的作家，其中有的是角色呈現出戀物

的傾向，致使人與人之間的關係已經被物所取代了。
「現在的都市，與其說是充滿人性味道的生活場所，
不如說是一個充滿資訊與記號的無機性而殺風景的平
面空間。在這裏人們接觸的是大量的電視畫面，和報
章雜誌的訊息，在這裏『生活的真實感』和『人的存
在感』日漸稀薄。這樣的都市，與其說是生活的場
所，不如說是各種記號與象徵交錯共存的抽象空間來
得確切。」[30]

　　村上在這樣的高度資本主義社會下，呈現一種特
有的愉快氣氛和屬於村上式的沉溺與戀物，因此在閱
讀的過程中只要稍稍不加細察，就會僅止於現下的一
種淡淡情緒中，至於這情緒究竟是什麼，就說不上來
了，其實在這些情緒下真正該注意的是從中所透露出
關於異化和自主性的問題。就像李友中曾在〈蒼涼、
疏離、村上 Kitty 貓流行熱 〉一文中，從 Kitty 貓熱來
看流行一時的村上熱，他認為無識於村上作品中關於
疏離與永恆性主題的村上迷，便將流於追逐 Kitty 貓般
的天真庸俗了。總之若沒有思索村上運用這一切記號
的作用何在，不僅是讀者會輕易陷入村上的「商品樂
園」，甚至許多模仿村上文字風格的創作者也會是如
此的：「……而我們的村上文字模仿者往往沾沾自
喜，陷溺於華麗的村上式感覺，猶如追逐 Kitty 貓近似
天真浪漫，卻對於村上真正想表達的貧弱現實，或稱

爲『不毛』的疏離，渾然不覺。」[31]

三、突破商品戀物的表象

當我們看到村上小說世界中的「我」生活在高度
資本主義的消費社會中，其中文化商品符號是整個世
界的支架，即這世間就是一個各式各樣商品輪番上陣
較勁的場域，是一個快速並大量生產和置換的消費商
品世界，就像在《1973 年的彈珠玩具》中，「我」在
冷凍庫看到各式彈珠玩具面板所呈現的世界一樣：

> 超級英雄、怪獸、大學女生、足球、火箭，還有
> 女人……每一樣都是在昏暗的遊樂場褪色腐朽到
> 底的貫有的夢，各路英雄美人從板子上朝我微笑
> 著。金髮、銀髮、棕髮、紅髮、黑髮的墨西哥女
> 郎、馬尾巴、長髮及腰的夏威夷女郎、安・馬格
> 麗特、奧黛麗・赫本、瑪麗蓮・夢露……每一位
> 都將那美麗的乳房誇張地挺出來。[32]

在這些琳琅滿目的商品世界中，人與人之間的親密關
係已然被人與物所取代了，因此小說中的主角們沒有
雙親、沒有兄弟姊妹、婚姻關係不佳，以一種決然的
孤獨形貌不斷上演著一篇又一篇的故事，使啤酒、咖
啡、食物、音樂等成爲他生活中的最佳良伴。這樣稀

薄的人際關係便具現在「我」和「208」、「209」的
生活形態上。這一對沒有名字的雙胞胎,就在一日
「我」一覺醒來時便躺在我的身邊,開始確實地和
「我」一起共同生活,他們之間的關係就像是在玩一
場家家酒的遊戲般,她們各自穿著超市送的印有208、
209數字的T恤[33],就這麼沒有名字、沒有特徵地陪伴
在「我」身旁,就像是一尊尊的玩偶般,晚上就抱在
一起睡覺,也從不發生性關係,而且平時互相之間也
是不聞不問的。

　　相對於人和人之間淡薄的關係,村上卻使用大量
且詳盡的文字在那些商品的描述上,這樣對商品物質
的親密感當然就落入一種「戀物儀式」中,例如在
《聽風的歌》中,他所記錄的「我」二十一歲那年夏
天的回憶片段,就建構在夏日酒吧、啤酒、白日夢、
小說、電台音樂和一段邂逅的虛無中,而且他還很正
經地宣告:「我和老鼠花了一整個夏天,簡直像被什
麼迷惑住似的,喝乾了二十五公尺長游泳池整池那麼
多的啤酒,剝掉可以鋪滿『傑氏酒吧』地板五公分厚
的花生殼。而且那是一個如果不這樣做,就活不下去
的無聊夏天。」[34]原來意義的建構就在這些商品數字
上。而面對這百無聊賴的日子,最終能夠喚起回憶與
過往「我」的,仍然與「商品」有關,就是那張在女
孩工作唱片行購得的〈加州女孩〉(California

Girls）。

　　到了《1973 年的彈珠玩具》，關於這樣的戀物儀
式就更加顯著和複雜了，首先，書名以「彈珠玩具」
為題，已點出商品物質的關鍵作用，況且在此書中
「彈珠玩具」既是資本主義經濟體系賺取資本的消費
工具，也是使得徬徨迷惑的年輕人身陷其中卻看不出
任何發展潛能的商品：

> 「彈珠玩具機和希特勒（Hitler）的腳，具有某種
> 共通點，他們雙方都伴著某種可疑性，以時代的
> 泡沫生在這世上，此外他們進化的速度比他們存
> 在本身更獲得神話式的靈感。進化有三個車輪推
> 動，也就是由技術、資本投入和人們根源的欲望
> 所支持。」「你能從彈珠玩具機器獲得的東西幾
> 乎等於零。只不過是換成數值而已。」「彈珠遊
> 戲的目的並不是自我表現，而在於自我變革。不
> 在於自我擴大，而在於縮小。不在於分析，而在
> 於總結上。」[35]

另外，在此書中的「我」也是以這樣的商品成為他追
索生命的媒介：「有一天，某一樣東西捉住我們的
心。什麼都可以，些微的東西。玫瑰花蕾、遺失的帽
子、小時候喜歡的一件毛衣、吉・比特尼的唱片……
那年秋天一個星期日的黃昏，捕捉著我的心的，坦白

地說就是彈珠玩具。」[36] 整個過程中，我們可以看到
「我」如何投身在這個遊戲中，而當彈珠玩具沒來由
地消失時，他又是如何瘋狂地追尋「她」的蹤跡，最
後終於和「她」重逢在冷凍庫中，然後展開了一段
人、物之間的對話。

當人們受限於戀物儀式中，關於人自主的完整性
就受到了挑戰，在村上的小說中曾指出人被組織分解
的狀況，其實就是人被異化了的結果。這個例子是出
現在《世界末日與冷酷異境》的主角身上，這位坐領
高薪的計算士，生活得相當自我而孤獨，他與妻子離
婚了、沒有親人，也不跟外界有多餘的聯結，至於他
的工作情形是：

> 這是個巨大的、龐大的獨立組織。我們像是組織邊
> 緣的小螺絲釘。
> 整個大社會分成左手跟右手，左手是「組織」，右
> 手是「工廠」，而左手在做什麼，右手完全不知
> 道。第一生產線的情況也是如此這般。像一個蜂窩
> 巢，被隔離但又群聚在一個體系下。至於隔壁的人
> 在做什麼，則完全不得而知……[37]

這個「我」非常清楚自己的工作流程、作法。但並不
知道自己在整個生產活動中究竟扮演什麼角色。他非
常清楚自己就是組織中的一員，但對自己在這個組織

中是什麼層級、什麼單位，他一樣無從得知。於此可以清楚看出，他的確處在一種異化的狀況中。

　　而這樣的異化感就是村上引起讀者共鳴的重要原因之一，因為對於處在高度商品化和資訊化的人們而言，他們瞭解事物並不需要親身領受，而是只要透過各式各樣的商品和資訊即可，即他們的日常生活體驗出現了極大化的資訊圈與極小化的生活圈的乖離現象。因此逐漸失去與他人或事物直接接觸的經驗，卻只從資訊的消費中，得到一些代理體驗式的經驗。而這正是村上小說所散發的氛圍，因為他在作品裏出現大量的商品名稱，包括唱片、作家、音樂家、導演、電影等。運用都市所提供的這些商品記號，嘗試以這些來訴說被記號層層包圍的都市現況，以這些商品記號來代替他們自己的親身感受，即令這些記號比「生活」更具親密感。所以由是觀之，他的作品精準地捕捉了高度發達的消費社會中人的情感狀態。

第三節　人生的入口與出口

　　在《1973 年的彈珠玩具》中有這麼一段話：「有入口就有出口。大部分的東西都是生來如此的。郵政信箱、電動吸塵器、動物園、醬油壺。當然也有不是

這樣的。」[38] 在這一脈處理關於人生處境的議題中，村上認為人進入了什麼樣的入口？而在這樣的境遇下，該以什麼樣的態度和方法來突破困境？

一、認清入口

村上曾說：「惡這東西，對我來說也是驅使我寫作的一個很大動機。我從以前就想在我的小說中寫出惡這東西的形式。可是沒有辦法很適當地集中焦點。我可以寫惡的一面。比方說骯髒、暴力、謊言之類的。可是要寫所謂惡的整體像時，卻掌握不住那姿態。」[39] 所以他的入口是朝向黑暗面的。正好像是人心中由虛無而生的陰暗面或邪惡的角落，他曾以「那個」來形容。在《邊境・近境》中對於「那個」有具體明確的經驗，一切就發生在他目睹身為嚮導的蒙古軍人殺狼的殘酷過程的晚上。當晚在旅館發生了一件奇怪的事，在黑暗中的巨大震動，卻在他搖搖晃晃地打開電燈的那一剎那，便歸於平靜了，好像一切都不曾發生一樣。此時他……

> 「……恍然大悟。搖動的不是房間，不是世界，而是我自己。一旦知道這個之後，我全身凍到骨髓裏去。我在無法適度掌握自己的手和腳的感覺

之下，一直站定在那裏不動。有生以來第一次嘗
到如此深刻強烈而沒有道理的恐怖感覺，也是第
一次看到如此的黑暗……」

「但那到底是什麼呢？我現在還無法理解。雖然
我試著想了許多，卻想不到關於那件事的適當說
明。當時我感到的恐怖的質，不可能以言語傳達
給別人；那就像從道路正中央洞開的洞穴，從遙
遠的世界的深淵裏探望窺伺一樣恐怖──至少對
我來說。」

「不過隨著時間的經過，我開始有一點這樣想起
來。也就是那──那震動或黑暗或恐怖或氣息，
或許不是突然從外部來的東西，而是我這個人本
來就存在的東西。只是那什麼抓住了類似契機般
的東西，把我身上我心中所有的『那個』強烈地
撬開而已吧？」[40]

他花了些精神去確認，終於發現這些相對於外面世界
的震撼感和外在的事物、事件並非來自外部，而是完
全根源於內心的恐怖。即他藉由那些外在的歷史場景
和都市氛圍，將他心中真正的恐懼引發出來，好比他
在這次邊境中所碰到的如地震一般的事件一樣，雖然
不可思議，然卻使他了然於心。

關於這種內心的恐怖感，村上在《世界末日與冷

酷異境》中，試圖將這個無法言說的感受具體化。其中表述的媒介就是「黑鬼」，對於這樣的設計，他在《地下鐵》一書中曾做過說明。「黑鬼」居住在地底下黑暗面的「那邊」世界，他們沒有眼睛、啃食腐肉，這是他內心根本恐怖感的象徵，這個藉由「我」和博士孫女逃躲的過程中便明白呈現出來。所以他對「黑鬼」的設計根源是：

> 當我聽到地下鐵沙林事件的消息時，不由得想起這黑鬼的事……我並不是單純地說奧姆真理教團是我心愛手工藝品式的那惡黑鬼群。我在《世界末日與冷酷異境》中，藉著描寫黑鬼，以小說的方式想要表現的，我想可能是存在我們內心的根本性恐怖的一種形式吧。我們意識的底下，或許以集團記憶象徵地記憶著一些純粹危險的東西的形影。而且潛藏在黑暗深處些歪斜扭曲的東西，透過那形影的短暫具現，可能波及生身的我們的意識波動。[41]

在明瞭內心真實的恐懼感後，對於這純感受的境地還是極為抽象的，所以他在論述的過程中，透過許許多多負面的情緒和思維來將之具體化，其中包括了先前幾章中所探討到關於人孤獨、疏離的處境，或是失去自主性的異化現象等。另外，他還透過大量的死亡描述，來傳達內心必須面對的恐懼感。

　　在他的小說世界中關於死亡畫面出現的頻率算是相當頻繁的，且極具使情節轉折的作用，關於此點，林水福於〈性、死亡、真愛——以《挪威的森林》為主討論村上春樹〉一文中曾經說到：「村上小說中常出現以死者為媒介的情節描述，如《尋羊冒險記》中的老鼠，《聽風的歌》中『老鼠』往來於死者的他界與生者的現今；《挪威的森林》第一個三角關係，我（渡邊）、直子、木漉，也是以木漉——與我是高中時代的死黨，後來自殺——為媒介；木漉死後直子與我的戀情才迅速發展；我與直子發生關係，似乎是『水到渠成』。直子後來進入精神療養院，最後病逝了，留給渡邊無限的思念與回憶。」[42]的確在此書中的許多契機都是由「至親死亡」這個點出發的，除了主角的死亡之外，還有直子的叔父、姊姊和綠的母親以及永澤為其女友帶來的死亡等。

　　除此之外，像《舞、舞、舞》中在夏威夷出現的六具死屍，以及伴隨而來一個接著一個的死亡跡象，或遭受殺害或車禍或自殺身亡等，都令讀者無法從死亡這件事上移開目光，而且這一個個死亡的生命又都是「我」內心的一部分，因為故事到了最後，夢中的奇奇告訴「我」那六具白骨以及奇奇本身，其實都是「我」的化身，在意識裏頭召喚著「我」的覺醒，為了深陷在「死」的陰影中的「我」哭泣，並指引著

「我」用自己的舞步，繼續不停地舞舞舞……真正令人感到哀傷的，並不是圍繞在他身旁的「死」，而是某種寄生在自身內面類似「信念」的東西，徹底地、完全地死掉了、僵硬了。

再者，像《發條鳥年代記》和《海邊的卡夫卡》中都出現了赤裸裸的殺害畫面。以前書而言，是發生在間宮中尉於蒙古的經歷中，他眼睜睜地看著自己的同袍被活活剝皮的遭遇。再就後書來說，那位單純的中田老先生一樣被迫必須面對與他較親密的貓兒被奪取性命的畫面。在這些細膩的筆觸中，令我們可以確實地感受到極其深層的恐懼感。

二、尋找出口

既然認清入口的世界便是內心根源的恐懼感，所以村上的作品雖然看似都是淡淡的情緒的抒發，但是當我們面對具體的歷史荒謬感、都市氛圍中的異化感以及死亡的經驗，都有種令人透不過氣來的沉重；縱然如此，他的作品仍會使讀者不自覺感到溫暖，因為他試著找尋出口、試著讓主角成為永恆的守候者。使「我」站在真實的邊緣，默默等待疏離者的電話，雖然是永遠等不到的電話鈴，他仍不死心地等待某種來自異化世界的訊息：電話鈴、螢火蟲的光芒等。

　　我打開瓶蓋，放在蓄水塔邊緣，等待螢火蟲逸
出。螢火蟲彷彿沒有把握置身何處，踉踉蹌蹌在
瓶身繞一圈，停在牆上剝落的油漆上。一下往右
摸索前進，一下往左轉，像要確定什麼似的，螢
火蟲花了好長的時間爬上釘帽，靜靜蹲踞著，彷
彿停止氣息般，動也不動。我靠著欄杆坐著，靜
靜凝視著螢火蟲。很長的時間，我們靜止不動。
只有風在我倆之間河流般地穿梭而過，櫸木葉子
在黑暗裏互相摩挲。我一直等待。[43]

似乎這就是黑暗中的一線生機，因此也讓他體認到特
有的生死觀，「生」與「死」不再是磁場上對立的兩
極，而是「死」本來就被涵攝於「生」之中：「死不
是生的對極，而是潛存在我們的生之中。」那麼，一
切就不再那麼悲觀，我們仍舊可以在村上的小說中找
到一絲一毫的出口，這樣的「出口」大致包括以下幾
個：

(一)確認活著的真正意義

　　村上一直想從「惡」這個層面找尋力量和真相，
所以在進入入口之後，主角便開始正視人生的各種黑
暗面，直接面對內心的恐懼感，此時人之所以活著並
非由能呼吸與否或性命的短長來判定，而另有真實感

受上的關鍵。關於這個，他藉由《發條鳥年代記》的間宮中尉的經歷來呈現出其內涵。間宮中尉歷經世界大戰、目睹了同袍慘遭剝皮的殘酷畫面、自己實際在鬼門關的邊緣走上了一遭，當他幸運地回到日本時，突然發現這十二年的征戰生活簡直是一場謬論：

> 我失去一隻手腕，和十二年這貴重的歲月，然後回到了日本。當我到達廣島時，雙親和妹妹已經死亡……正如我剛才說的那樣，我本來有一個內定要訂婚的對象，那個女的已經跟別的男人結婚，生了兩個孩子。墓地上有我的墳墓。我已經什麼也沒剩下了。我覺得自己真的是變成一無所有、一片空虛。自己不應該回到這裏來的。從那以後一直到現在為止，自己是怎樣活過來的，都記不太清楚了。我當了社會科的教員，在高中教地理和歷史。但我在真正的意義上，並沒有活著。我只是把人家交付給自己的現實上的角色，一個又一個地扮演下去而已。我沒有一個稱得上是朋友的人，和學生之間也沒有什麼像是人性化牽絆之類的東西。我沒有愛誰。我已經不知道愛一個人是怎麼一回事……本田先生在哈爾濱河畔，說我在中國大陸不會死的時候，我聽了很高興……但實際上，那並沒有什麼值得高興的。回

到日本之後，我一直像個脫落的空殼子般地活
著。[44]

間宮中尉這樣強烈質疑自己是否真的活著，甚至就將
自己視為一個空殼子般，因為活著的意義不明，沒有
可以交流和付出的對象。像這樣「生不如死」如同行
屍走肉的角色，頻頻出現在他的長短篇小說中，除了
上述第三章中描述的那些心靈受創而脫離現實的人物
之外[45]，像全以「地震發生之後」為主題的短篇小說
集《神的孩子都在跳舞》中的許多角色亦同，在〈有
熨斗的風景〉這一篇短篇小說中的三宅先生，一樣是
早已死去、內部完全掏空一大半的人了，他的生活只
是作為替身而已。

　　關於這些角色最終的下場看似是灰暗的，然而在
到達此岸的過程中，他們並不是一味地逃避，反而他
們在現實生活中，開始反思自己活著的意義，這樣思
索的過程會帶來覺悟和轉變，接著隨之而來的便是一
份踏實感，可以令飄忽不定的心靈穩定下來。既然選
擇不逃避，所以悲壯地面對黑暗的狀況，進入入口找
尋屬於自己存活的意義，其間具顯在《世界末日與冷
酷異境》中的沉睡。「沉睡」看似不過是個外顯的動
作，惟此行為的背後就是面對自我，因為在此書中的
世界末日和冷酷異境的「我」是同一個人，那麼當冷

酷異境中的「我」在港口邊的車內沉睡而去[46]，對應到世界末日的「我」，則是捨棄了和影子一同逃出街的計畫，選擇留下來和圖書館女孩共同攜手找尋那遺失了的記憶。而像這樣做出了「沉睡」的抉擇，還出現在〈有熨斗的風景〉、〈泰國〉、〈青蛙老弟救東京〉等篇中[47]。

面對活著的真義之後，接著便是覺悟和轉變，這個可從《挪威的森林》一書中的直子身上看到明顯的軌跡。直子被姊姊和 Kizuki 的自殺身亡束縛住了，使自己陷入在那樣的情境下不能自拔，她本來想藉由和渡邊的相戀逃脫出來，但最終還是沒有成功，因為我們透過渡邊所回憶的這一段日子，發現直子甚至沒有愛過他。當渡邊戳破一切的假象時，我們剛好可以冷靜地分析直子一生的轉折和變化，可以從中看到直子一步步地深入其中，逐一面對自己的內心世界，她不願意繼續再像個空殼子般沒有意義地苟活著。其間步驟分別是：第一，藉由和渡邊之間兩次的性愛過程，在兩次的性愛關係之後，都可以看到直子願意面對問題而且釋放了內心的壓力，一次是願意進入阿美寮，一次是談到以前都不願意提及的 Kizuki 和姊姊的自殺；第二，便是逐步聽見自己的心音，從她在接受心理治療時試著想要找到心理缺陷的努力，和在日常生活中聽見各種聲音，就可以知曉：

試想一想最初的徵候是無法順利寫信……然後逐漸
開始出現幻聽的現象。當她一想要寫信的時候，更
有各種人向她說話妨害她寫信。當她想選擇用語
時，就妨礙她……我們每天都會和專門醫生會談。
直子、我〔玲子姊〕和醫師三個人一面談各種事
情，一面試著正確地探索她心中所缺損的部分……
48

於此出現的幻聽，就像村上一貫會將意識分化出來的
聲音一樣，故直子在這裏看似混亂的現象，正是她願
意去面對的徵兆。最後便是她下定決心在森林深處上
吊自殺，此時她經過上述的步驟，已經算是深思熟慮
了，便決定以自己的真面目來面對自己存活的意義，
由於這樣的決定是她自己的定見，所以我們透過玲子
最後一次見到她，得到的印象是健康、歡娛、理性、
冷靜的：

「不過我看見她的第一眼，就想，啊，這樣子應該
沒有問題。臉色比我想像的健康，而且還微笑著甚
至會說笑話，說話法也比以前正常多了，還自豪地
說到美容院去做了新髮型……」「那孩子從一開始
就已經全部決定好了噢。所以才會那樣有精神地微
笑著，看來很健康噢。一定是已經下定了決心的。
心情放輕鬆了啊。然後在房間裏整理各種東西，把

不要的東西丟進庭園的大油桶裏燒。代替日記的筆
記本啦、信啦，這些全部。連你的信也在內喲。於
是我很奇怪，問她為什麼燒掉呢。因為那孩子向來
把你的信非常珍惜地保管著，常常重新讀的。於是
她說：『以前的全部處理掉，今後要重新再生
啊！』……」[49]

因此她雖然選擇的是一般人看似最悲慘的死亡，但仍
可以強烈感受到她已尋獲出口，可以重新出發了。

(二)不斷舞動

當人認清意義時便必須開始面對黑暗面，也許有
人會手足無措地被打倒，然後一蹶不振，也許有人會
比較積極，不想就這麼坐以待斃，而是試著採取任何
措施和行動。就村上的小說而言，一般讀者都認為其
中的氣氛是比較消沉的，然而如上所述他卻是在靜默
中提供著出路。

當人剛剛領悟自己就陷在失落中，故會呈現出一
片混亂，甚至一切的狀況都未臻明朗，此時必須先穩
住陣腳，不管如何，就先維持既有的動作，若連既有
的動作都沒有，很有可能會被虛無的氣氛吞噬了，失
去了奮發和解決問題的動力。這樣的作法就如同
《舞、舞、舞》中的「我」，因為陷溺在被困於海豚

旅館的奇奇的呼喚聲中，而無從得知她的下落和其中的意義時，那個留在海豚旅館的羊男是這麼建議他的：

> 「跳舞啊。」羊男說。「只要音樂還響著的時候，總之就繼續跳舞啊。我說的話你聽懂嗎？跳舞啊。繼續跳舞啊。不可以想為什麼要跳什麼舞。不可以去想什麼意義。什麼意義本來就是沒有的。一開始去想這種事時腳步就會停下來。一旦腳步停下來之後，我就什麼都幫不上忙了。你的聯繫會消失掉，永遠消失掉噢。那麼你就不得不在這邊的世界生活了。會漸漸被拉近這邊的世界喲。所以腳不能停。不管你覺得多蠢，都不能在意。好好地踏著步子繼續跳舞。這樣子讓那已經僵化的東西逐漸一點一點地放鬆下來……」[50]

即先別求意義，就是持續地去做。相同的情形一樣出現在那位極度混亂的計算士身上[51]，他原本平靜的生活卻在沒預警的狀況下被宣告了死刑，而且腦中的意識也已一點一滴地被剝奪了，現實生活的他是慌了手腳，而意識中的他則處於混沌之中也不知該如何是好，所以即使一直在尋找「心的作用」和自己的記憶，一切似乎只是徒勞的，然透過世界末日中的「我」向圖書館女孩回答關於「心的定義」，和自己

不管多辛苦都要繼續讀著古夢，清楚看到他仍採取「繼續地動」來維持那一線生機，要不然就會被現況和環境擊倒：

> 「不過說真的，我不太明白心是什麼樣的東西。那正確說來到底意味著什麼？到底應該怎麼去使用它？我只是記住那句話而已。」
>
> 「心不是拿來使用的東西。」我說，「心這東西只是在那裏而已，和風一樣。妳只要感覺它在動就好了。」[52]
>
> 想必和影子分離時，已經致命地喪失了所謂我這個自己了。留在我身上的只有不確定而無從掌握的心而已。而且連那心都因為冬天的寒冷而逐漸堅固地封閉起來了……「沒關係，下次再想好了。或許以後你會忽然想起來也不一定。」「最後再讀一個古夢吧。」我說。「你好像非常疲倦的樣子。明天再繼續讀好嗎？不需要勉強。古夢是多久都可以等的。」「不，讀著古夢總比什麼也不做輕鬆。至少在讀夢的時候可以什麼都不想啊。」[53]

相對的，冷酷異境中的「我」知道情況遠比他所可以想像的糟，他仍說著這樣的話：「……與其什麼都不做，不如繼續做點什麼好得多。」[54]

　　像這樣藉不斷舞動來顯示契機的，可以由下列兩
段舞蹈中看出來。一個是出現在短篇的〈跳舞的小矮
人〉中，這個舞蹈是男主角擺脫平凡沉悶生活的出
口，他靠著小矮人所賦予的令人屏息靜氣、瞠目結舌
的舞技，博得了心儀女孩子的芳心；一個則是出現在
同樣是短篇小說的〈神的孩子都在跳舞〉裏，據男主
角善也的母親所說，他是神的孩子，但他有一天在東
京地下鐵碰到了很像父親的醫生，於是他不加思索地
便跟蹤他，直至市郊一個全無人煙的棒球場。然而這
個男人像被蒸發般消失了，而善也在接近午夜時分，
便在那個棒球場的投手台上跳起舞來。當下善也這個
舞蹈便是在黑暗心靈和暗黑的地下力量前展現的安然
之舞，他於此間建立起自己的節奏，所以從此之後他
敢於面對邪惡的力量，敢於面對自己對母親的欲望，
因而也終於明瞭最重要之處何在：「也許再也看不見
那個了」；「我們的心不是石頭，石頭或許有一天會
崩潰，或許會失去形影。但心不會崩潰。我們這無形
的東西，不管是好是壞，都可以無止境地互相傳
達。」[55] 在此，他不斷地舞動，將自己的訊息和心意傳
達出來。

　　主角人物在持續的動作中，讓情況穩定下來，也
讓心情鎮定下來，接著便會等待出一些機會，好讓事
情有了轉機和進展。因此我們可以看到村上為角色安

排等待的機會、安排等以後的機遇，讓他們在不知所措中有一個起碼可以暫時繼續下去的參考點。正如《發條鳥年代記》中的岡田亨，自從妻子離家出走後，他有滿心的疑惑和空虛，此時他除了接受加納馬爾他的建議——等——外，並無他法；另外，他也接受了舅舅的建議，就是單純地站在街上觀察人的臉，「凡事從最簡單的地方開始想便行」，結果他可以從經過的人的臉知道他們經過的地方以及追求了什麼，最後終於讓關鍵點就那麼進入到他的思緒中。還有那一位在《海邊的卡夫卡》中受到父親詛咒的十五歲青年，一樣在手足無措時，便委身在甲村圖書館裏等著事情開始變化。

(三)與現實聯繫

在既定的孤獨疏離中，若沒有解決的方案，便會逐漸在虛無中被吞噬，尤其自我又必須面對內在的黑暗面，因此在這樣的情況下，人的力量相形之下又顯得更藐小了。然而從村上設計了一類具有聯繫作用的靈媒中可以覺察，他並沒有意思將他的主角們關在象牙塔裏，反而令人覺得人無論如何都可以和世界接連起來：「在這世界上誰都不能孤零零一個人活著。大家都在某個地方有一點聯繫。雨會下，鳥會叫。肚子也會被割破，在黑暗中會和女孩子接吻。」[56] 而且當角

色們陷入看似失望無解的情境時，這種想和現實接軌
的欲望是相當強烈的，所以當間宮中尉面對無意義的
荒謬大戰時，他看著寂寥的廣漠大地而心想的是：
「太陽完全升上地平線之後，我點上香菸，喝了水筒
的水，再小便。然後想想日本。我腦子裏浮現五月初
故鄉的風景。想起花的氣味，河川的潺潺聲，天空的
雲。想起老朋友和家人。並想起膨膨的甜柏餅。雖然
我不是特別喜歡甜的東西，但只有那時候，覺得想吃
柏餅想得要命。如果這裏有柏餅可以吃的話，即使要
付半年的薪水我也願意。」[57]也只有家鄉最令他熟悉的
風景，才是最能確信自己是處在現實的世界裏，而不
是任由這些荒謬的情境將其蒸發掉。另外像「世界末
日」中的「我」正在地下鐵道逃躲黑鬼，不時被完全
的黑暗包圍住時，他便有想要聯繫現實的強烈想法：
「我只有在把別人給我的數字放進腦子裏翻來覆去之
後，轉換成別的樣子出來的這部分，和世間有關聯，
其餘時間都是一個人讀讀老舊的小說，看看從前好萊
塢電影的錄影帶，喝喝啤酒或威士忌過日子。所以並
沒有必要看報紙或雜誌。」「然而在這失去光明而莫
名其妙的黑暗中，被無數洞穴和無數蛭蟲包圍之下，
我卻非常想看報紙。找個照得到太陽的地方坐下，像
貓舔牛奶盤子一樣，把報紙從頭到尾一字不漏地讀
光。」[58]

在這種想和現實聯繫的強烈欲望下，他在小說中透露了些許實際聯繫的方法：首先是「記憶」。在《挪威的森林》中，最後渡邊透過回憶明瞭直子從來沒有愛過他，但是直子曾經向渡邊要求過兩件事情，其中一件是：「希望你能記得我。我曾經存在，而且曾經像這樣在你身邊的事，你可以一直記得嗎？」[59] 而在故事的最後，曾經照顧過直子的玲子姊也是希望渡邊不要忘記她。這應該就是對抗混亂和孤獨相當直接的作法，因為透過記憶而且是他人的牢記，自己便可以確信自己的存在和意義，並且可以牢牢地定位在現實的世界中。

第二便是「書寫」。在書寫的過程中，人可以冷靜穩定情緒、整理思緒。所以當渡邊在最艱難的日子裏，也是靠著大量的書寫來度過一切：「那個春天我寫了相當多信。每週給直子寫一次信，也給玲子姊寫信，還寫了幾封信給綠。在大學的教室裏寫，面對家裏的書桌一面膝上抱著『海鷗』一面寫，休息時間在義大利餐館的桌上寫。簡直像藉著寫信，才好不容易把快要分崩離析的生活勉強支撐住不倒下去似的。」[60] 另外像《發條鳥年代記》中的笠原 May 在療養院中時，也是靠著寫給岡田亨的七封信，使她自己可以朝著較穩定的方向發展，不致使情況繼續惡化下去。而「書寫」隨著時代的演進也有了變形，變形的樣貌就

是：e-mail。久美子透過電腦的這些訊息，轉換成可以從電腦中隨意取讀的「發條鳥年代記」，來將自己內在的想法和處境傳達出來。

第三則是「抓住現實世界的人」。村上在他的小說世界中所造就出對立的二元情節和場景，指的就是虛幻和現實。主角們的混亂和問題常常是困在虛幻的世界中，而且這個黑暗的力量是相當大的，並非一人便可以單獨抵抗，所以我們常常看到主角們會抓住一個現實中的人來確認自己的處境，或是想藉此脫離那黑暗的世界。例如《舞、舞、舞》一書的結局，「我」透過和海豚飯店的女服務生（Yumiyoshi）的交媾，讓他再一次抱緊這個在現實世界中的心愛女子，使他被現實感包圍著，這樣他可以順利地通過「那邊」世界的召喚，沒有被吸入到牆的另一邊。像這樣以「性愛」關係來確定現實世界的包括：《發條鳥年代記》的岡田亨和加納克里特以及《世界末日與冷酷異境》中的「我」和圖書館女孩。

除了以「性愛」為媒介和現實世界聯繫之外，「電話」的利用也是其中相當重要的一個象徵。「電話」的前身「配電盤」在《1973 年的彈珠玩具》中就已經出現了，因為它具有聯繫的重要地位，故當它失去作用時，208、209 兩位雙胞胎還煞有其事地為其辦了一場隆重的葬禮。而當中最鮮明的聯繫作用則是出

現在《挪威的森林》和《人造衛星情人》的結尾。
《挪威的森林》中的渡邊和《人造衛星情人》的小堇
都紛紛從「那邊」的世界回歸,然後他們都急急透過
電話來呼喚現實中的那一根浮木:

> 我打電話給綠,說我無論如何都想和妳說話。好
> 多話不能不說。全世界除了妳以外,我已經什麼
> 都不要了。我想跟妳見面談話。一切一切都想跟
> 妳兩個人從頭開始。[61]

的確,就這麼透過「電話」的聯繫,主角緊緊地和現
實世界接軌。

註 釋

1 孫樹林,〈風為何歌──論村上春樹《聽風的歌》的時代觀〉,
  《外國文學評論》,第 1 期(1998 年 1 月),頁 41。
2 以上關於日本學生運動的發展可以參閱〈戰後日本學生運動
  史〉,網址:www.xiachao.org.tw。2003.5.23 瀏覽。
3 深海遙著,賴明珠譯,《探訪村上春樹的世界──東京篇 1968-
  1997》,台北:城邦文化,1998,頁 12。
4 參見〈甲殼蟲和列儂〉,網址:www.xicn.net。2003.1.29 瀏覽。
5 村上春樹著,賴明珠譯,《挪威的森林》,台北:時報,1997,
  頁 380。
6 同前註,頁 372。
7 洪金珠,〈東京專訪村上春樹〉,網址:www.geocities.com。
  2003.5.20 瀏覽。
8 村上春樹著,賴明珠譯,《聽風的歌》,台北:時報,1988,頁
  125。
9 同前註,頁 105。
10 村上春樹著,賴明珠譯,《挪威的森林》,頁 65。
11 同前註,頁 66。
12 村上春樹著,賴明珠譯,《海邊的卡夫卡》(上),台北:時
   報,2003,頁 223。
13 村上春樹著,賴明珠譯,《聽風的歌》,頁 99-100。
14 村上春樹著,賴明珠譯,《聽風的歌》,頁 84。
15 村上春樹著,賴明珠譯,《發條鳥年代記──第一部鵲賊
   篇》,台北:時報,1995,頁 186。
16 湯禎兆,〈村上年代結局〉,網址:www.geocities.com。
   2003.5.23 瀏覽。
17 村上春樹著,張致斌譯,〈我們時代的民俗學──高度資本主
   義前史〉,收錄在《電視人》,台北:時報,2000,頁 59。

18 村上春樹著,張致斌譯,前揭書,頁 59-60。

19 他住麻布,此地位於東京港都區西部,而且擁有港區的房子、歐洲車和勞力士,所以被認為是一流的。

20 村上春樹著,賴明珠譯,《舞、舞、舞》(上),台北:時報,1997,頁 200-201。

21 村上春樹著,賴明珠譯,《舞、舞、舞》(下),台北:時報,1997,頁 77。

22 村上春樹著,賴明珠譯,《舞、舞、舞》(上),頁 42。

23 同前註,頁 165。

24 同前註,頁 82-83。

25 同前註,頁 31。

26 同前註,頁 23。

27 泰瑞·伊格頓(Terry Eagleton)著,李志成譯,《馬克思》,台北:麥田,2000,頁 83-84。

28 交換價值是指一種商品在市場上可以獲得的金錢,是它可以買賣的價格。

29 使用價值指商品對消費者的用處,是它作為一種商品的實用價值或效用。

30 見川本三郎著,賴明珠譯,〈村上春樹的世界〉,收錄在〈村上春樹的網路森林〉,網址:www.geocities.com。2003.5.23 瀏覽。

31 李友中,〈蒼涼、疏離、村上 Kitty 貓流行熱〉,收錄在〈村上春樹的網路森林〉,網址:www.geocities.com。2003.5.23 瀏覽。

32 村上春樹著,賴明珠譯,《1973 年的彈珠玩具》,台北:時報,1995,頁 167-168。

33 這一對雙胞胎的命名就是根據身上穿的 T 恤的號碼,只要 T 恤互換了,就不知誰是 208 誰是 209 了。

34 村上春樹著,賴明珠譯,《聽風的歌》,頁 22。

35 村上春樹著,賴明珠譯,《1973 年的彈珠玩具》,頁 37-39。

36 同前註,頁 120。

37 村上春樹著,賴明珠譯,《世界末日與冷酷異境》,台北:時

報，1994，頁 93。

38 村上春樹著，賴明珠譯，《1973 年的彈珠玩具》，頁 9。

39 村上春樹著，賴明珠譯，《約束的場所》，台北：時報，
2002，頁 210-211。

40 村上春樹著，賴明珠譯，《邊境・近境》，台北：時報，
1999，頁 170-171。

41 村上春樹著，賴明珠譯，《地下鐵》，台北：時報，1999，頁
580。

42 林水福，〈性、死亡、真愛──以《挪威的森林》為主討論村
上春樹〉，收錄在鄭栗兒主編，《遇見 100%的村上春樹》，
台北：時報，1998，頁 56。

43 村上春樹著，李友中譯，〈螢火蟲〉，收錄在《螢火蟲》，台
北：時報，1999，頁 580。

44 村上春樹著，賴明珠譯，《發條鳥年代記──第一部鵲賊
篇》，頁 217-218。

45 笠原 May、直子、久美子、玲子、佐伯、妙妙等均是。

46 「睡意來臨。我想，這樣我就可以取回我所失去的東西了。」

47 〈有熨斗的風景〉：「她腦子裏反覆著那句話。柴火燒完後，
不想醒都會凍醒。然後她縮起身體，落入短暫而深沉的睡眠
中。」（頁 62）〈泰國〉：「她深深靠進座椅裏，閉上雙眼。
於是想起在游泳池裏仰泳時所望見天空的顏色。想起……她想
睡吧。總之只要睡。並等待夢的來臨。」（頁 110）〈青蛙老
弟救東京〉：「『火車頭』片桐〔人名〕舌頭糾結含糊不清地
說，『比誰都喜歡。』然後閉上眼睛，沉入沒有夢的安靜睡眠
中。」（頁 138）

48 村上春樹著，賴明珠譯，《挪威的森林》，頁 334。

49 同前註，頁 363-364。

50 村上春樹著，賴明珠譯，《舞、舞、舞》（上），頁 119。

51 《世界末日與冷酷異境》中的主人翁。

52 村上春樹著，賴明珠譯，《世界末日與冷酷異境》，頁 82。

53 同前註，頁 296。

54 同前註，頁 305。

55 村上春樹著，賴明珠譯，〈神的孩子都在跳舞〉，收錄在《神的孩子都在跳舞》短篇集小說中，台北：時報，2000，頁 86。

56 村上春樹著，賴明珠譯，《世界末日與冷酷異境》，頁 291。

57 村上春樹著，賴明珠譯，《發條鳥年代記——第一部鵲賊篇》，頁 189。

58 村上春樹著，賴明珠譯，《世界末日與冷酷異境》，頁 313。

59 村上春樹著，賴明珠譯，《挪威的森林》，頁 15。

60 同前註，頁 334。

61 同前註，頁 378。

第六章
結　論

　　上述討論過村上春樹小說的基本元素之後，底下再進一步檢視在整個過程中得到哪些新的想法。於此發現村上的熱力，除了一般認為是來自讀者群之間的反應外，更發現此一現象其實是來自一部部小說的建構，由於小說中相同元素的不斷演練，鞏固了讀者的思維和情感，才使得此一現象顯得顛撲不破。相對的，一般對於村上的刻板印象仍舊停留在「氣氛」裏，只是若要靠氣氛來維繫其受歡迎的熱潮，是無法長久的。事實上他的作品之所以撼動人心，自有其內在的緣由，這大體來自於：作者願意誠實以對己身和探知事物的原本面目。

第一節　小說的「氣氛」

一、表象的氣氛

　　針對村上春樹的作品何以會受歡迎的問題，一樣有著表面化的制式答案，即這樣的「氣氛吸引人」。然而這種氣氛由何而來？可以由幾個層面來說，首先，是主角的生活樣態和氣質。作品中的「我」，通常過著雅痞式且物質無虞的生活，主角信手拈來的外

國名著和生活中充滿的搖滾、爵士和古典樂，都呈現
出一派優雅的風味。而且優雅中再與孤獨、疏離的形
貌搭配起來，使得一副「爲賦新辭強說愁」的浪漫情
懷就不斷地向外擴散，雖然看起來是那麼不具強勢作
風，也沒有侵略性，但「我」卻在不經意中牢牢地占
據了許多年輕的心。再來「我」對於女人的體貼感，
也一直是女性讀者所津津樂道的，即他將女性當成他
的友伴，可以給予「我」安慰，不再只是不重要的點
綴或是將女性物化了，這與大男人主義盛行的日本社
會有極大的差別，關於這一點孫樹林曾經說到：「在
村上春樹的小說中，男女平起平坐，即不加歧視，又
不抱性崇拜……是村上小說博得眾多女性青睞的原因
所在。村上春樹的讀者與崇拜者多數爲女性，可以
說，村上小說中的現代女性意識正好迎合現代女性的
價值觀。」[1]

　　第二，則與文體和遣詞用字有關。村上本人非常
在意文體這個部分：「最重要的是語言，有語言自然
有故事。再有故事而無語言，故事也無從談起。所以
文體就是一切……我就不明白爲什麼大家如此輕視文
體。」[2] 由於他本人的重視，所以他的文體一定有其獨
特的面貌，因此，這些非日文的讀者，即使是必須透
過翻譯，而非以原始的日文來閱讀，他們在研讀的過
程中一樣對於文體、修辭亦頗爲看重。故在此略舉幾

例，首見的是於中國大陸翻譯過多部村上春樹小說的
譯者（林少華），他曾經在「村上春樹叢書」的序文
發表了一篇〈村上春樹作品的藝術魅力〉，在該文中
列舉了四個村上春樹之所以會受歡迎的原因，其中的
第二項便是「匠心獨運的語言和文體」。在這個部分
他還細分出三個小點，分別是：

> 其一，我想就是幽默——苦澀的幽默、壓抑的調
> 侃、刻意的瀟灑、知性的比喻，品讀之間往往為
> 其新穎別致的幽默感曳出一絲微笑……
> 其二，文筆洗盡鉛華，玲瓏剔透。這方面較明顯
> 的是小說中的對話。對話所以光鮮生動、引人入
> 勝，主要是因為它洗鍊，一種不書卷氣的技巧性
> 洗鍊，全然沒有日本私小說那種濕漉漉黏糊糊的
> 不快，乾淨利落、新穎脫俗而又異彩紛呈、曲徑
> 成文，有的簡直不亞於電影戲劇中的名台詞。
> 第三，行文流暢傳神，富於文采。一些讀者來信
> 說村上行文猶如山間清亮亮的小溪淙淙流過心
> 田，不時濺起晶瑩的浪花。[3]

除此之外，像朱力亞〈站在朦朧誘惑邊緣〉和紀大偉
〈因為村上春樹，所以瑞蒙卡佛〉的文章中，同樣對
此表示了類似的看法[4]。

　　總之，他們也強烈感覺到村上獨特的文體、修

辭，其中有的是抽象化的感性格言。故而像這樣抽象
化的格言式對話 [5]，如果有人在現實生活裏說這樣的
話，一定會被批評爲「做作」，但是在村上春樹的世
界裏，這種格言卻擁有強烈的真實感和村上的味道。
也正因爲他的小說擁有獨特的文字力量，所以讀者只
要讀一頁就能立刻感覺：「啊！這是村上春樹的小
說。」

　　第三，則在情節這個層面上，可以看見的是遊走於
現實和虛幻之間。從現實出發，則有明確的世代和裝
置在這個空間的各種小道具，所以可令讀者隨時隨地
地參與其中；就虛幻的部分而言，則常有不少神奇、
不合常理或詭異的創造，例如《發條鳥年代記》的發
條鳥、《尋羊冒險記》的羊男、《世界末日與冷酷異
境》的黑鬼、金色的獸和牆、《海邊的卡夫卡》的桑
德斯上校、螞蝗雨和沙丁魚雨等。而這一切最能夠形
成氣氛的，莫過於使這些元素建構在周而復始的結構
上，形成一種「童話式」地喃喃述說，關於此點盧郁
佳便稱村上春樹是「當代童話繼承者」[6]。

二、氣氛後的真實

　　當然氣氛又是表面化的，真正引起同聲相契的則
應有其深層的意涵，才足以使熱潮歷久不衰。在上述

一連串的論述之後，我們得到的深層部分，乃在於村上善於「挖掘人的潛意識心靈」和「揭發事物的本質」這兩個層面上。

(一)挖掘人的潛意識心靈

自從弗洛伊德正視了人除了意識之外，心靈內還有一個隱晦的潛意識部分，而潛意識又是難以實證的，所以引發了人們想要探求的極大欲望和好奇心。村上在這個部分的確大大地滿足了讀者的欲望，因為當我們一步步地檢驗出其小說人物的一大特點便是：具有意識和潛意識一體兩面的形象；而這樣的角色人物再輔以村上慣用的第一人稱的視角，一方面使讀者可以隨著情節的進展做自我解剖的功夫，另一方面則是隨之參與了「村上春樹」這個人的生活。

另外，當我們活在一個物質化和科技昌明的世界時，人必須面對被物化、異化和疏離的處境，這使得探求心靈的活動更顯得重要。因為在這樣的大環境下，人所面對的是一個看似無形，卻是無可抗拒的巨大力量，在這之間有種宿命的意味在發酵著，這個力量朝著某個方向默默前進，那力量之大無人能使其停下來或改變方向，人面對物質化的都市生活就是生活在這股勢力之下，於是發現自己如同滄海一粟那麼藐小，同時也興起確認自我意義、價值的迫切性。有人

使用的是「擁有」的方式，透過物質的消費或蒐集來
證明自己確實存在著，這時外表看起來是擁有很多，
然弔詭的是擁有得愈多被束縛的機率愈大。關於這點
村上倒是有所點明，因為在他的小說中那些生活在物
質的都市中的人，都顯出無限的無力感，他們在其中
努力地想要證明自己存在的同時，也漸漸失去了自
我。既然外求的擁有，不是根本的解決之道，所以反
求諸己時，一種內求的方式就應運而生了，靠的就是
瞭解心靈，然後為其找到安置的位置，故而村上小說
中對於人物心靈的解剖過程，是極具吸引力的。

(二)揭發事物的本質

　　村上一直對揭發事物的本質懷抱著高度的興趣。
就像在短篇小說〈燒掉柴房〉中所提到的：

> 「因為你是寫小說的，你對人的行為模式或許相
> 當瞭解。像你這種小說家，在判斷是非之前，對
> 事物的原本狀態或許有更大的興趣才對……」
> 「你大概指的是一流的作家。」我以嘲弄的口氣
> 說。[7]

　　至於顯露事物本質的方法是，透過「歷史背景」
和「童話、寓言的情境」來質疑不朽的存在。由於他
較著重在黑暗和惡的一面，且諷刺了全共鬥、高度資

本主義社會，等於宣告了烏托邦是不可能存在的，於
是他借重這兩種途徑，以一種反諷的筆調，將現實世
界無法體現烏托邦的尷尬處境描述出來。就「歷史背
景」而言可舉出數例，例如那篇名為〈羅馬帝國的瓦
解·1881 年群起反抗的印地安人·希特勒入侵波蘭以
及強風世界〉的短篇小說中，寫的內容都是和這些歷
史沒有關係或是以這些歷史為備忘錄的日記寫法。且
告知我們到底無法明瞭這世間：「關於風，我們不知
道的還多著呢。就像古代史、癌症、海底宇宙和性一
樣。」[8] 他試圖在一個「忘記如何以歷史來思考」的年
代裏，刻意以歷史的年代來記錄眼前的一切。只是兩
相對照下，更顯出這樣對於歷史的詮釋，不過是一種
荒謬無知的行徑罷了。

　　另外在〈三個德國的幻想〉中，有著這樣的說
詞：

> Sex、性行為、性交、交合什麼都好，這樣的語
> 彙、行為、現象總使我想到冬季博物館……安靜
> 的晨光中，輕微的性行為之預感有如融化的杏仁
> 味道，主導著博物館內的氣息……在博物館裏連
> 牛奶都像從古代的牛擠出來的。我常常連自己都
> 搞不懂是博物館把日常物品渲染了，還是日常事
> 物侵蝕了博物館？[9]

於此，歷史的界線已經模糊了，雖然還遺留了一些些的熱情，但大部分已被日常生活中的事物侵蝕，只留下像「輕微的性行爲之預感」之類的歷史氣息。面對如是的侵蝕，那麼在「時代」、「時代精神」和「世界體系」中的偉大和定則還能屹立不搖嗎？所以對於烏托邦真的宣告結束了。因而理性可以運作的對象只有物理世界，對於人物自身則無法瞭解其全貌，於此人必須要謙虛以對，不可再自大，那麼村上所述，沒有什麼大不了的人生或是看似沒有什麼意義的結局，不也是在實踐謙虛的態度嗎？

接著是關於「童話和寓言的情境」。雖然這樣的童話情境也是造就出村上氣氛的一大要素，然而他的思考並不僅止於在建構屬於村上的甜甜圈式的童話而已。他更希望透過這個來戳破一種不自然的刻板印象，即這些幸福的表象背後，其實是一種不幸或莫名的、無法令人滿足的快樂。所以在這樣的筆調下，顯示了刻意遺漏、忽略的事物之原本狀態。就像〈跳舞的小矮人〉、〈麵包店再襲擊〉、〈隨盲柳入眠的女人〉等短篇小說的故事一樣。

在〈跳舞的小矮人〉中，象工廠的工人可以製造象的耳朵、鼻子、頭、身體、腳、尾巴和更多部分精緻神經，因而變得不可思議地真實起來。然而，相應的背景卻是酒館中的革命軍占據象工廠和革命軍將廠

長吊死的照片，以及跳舞的小矮人在宮廷中為皇帝跳
舞的遭遇、跳舞的小矮人附身在「我」的體內助其追
求心愛的女子。這些反而點明了刻板而不滿足的革命
故事，及現下已不被重視的像跳舞、結交女友和夢之
類的「原本狀態」。〈麵包店再襲擊〉則是以「聽華
格納」和「再搶一次的詛咒」，點醒了關於無產階級
革命、學生運動和「餓」的種種不自然，以顯現現實
的殘酷。〈隨盲柳入眠的女人〉中的女人面對著表弟
彎曲的耳壁，出現了一個黑色的通道與無可比擬的洞
穴，他的確聽力受損而聽不到，卻找不到異常原因的
狀況，這一切就包裹在粉紅色的夢幻中，就像那些沿
途上車的老人一樣。但事實上他是想將焦點擺放在死
掉友人的女友在醫院裏所寫的詩畫，她在餐巾紙上畫
的是盲柳和小蠅一起吸收地底和耳朵的黑暗為養分之
類的事。好像世界一點一滴被吸納進黑洞之中，於是
令人想到的是，雖然沒有發生肉體被噬盡，但在感覺
上已經是完成的悲劇。

第二節 「村上熱」持續發燒之由

一、村上式的文學迷宮

　　村上式的文學迷宮具現成現象。所以基本上，「村上春樹現象」是存在的。中野牧於〈「村上春樹現象」何以發生？〉一文開宗明義便言：「『村上春樹現象』是存在的。」[10] 孫樹林〈論「村上春樹」現象〉中更明白指出，所謂「村上春樹現象」的內涵有三：

　　當今日本文學消費市場上，存在著一種「村上春樹現象」。所謂「村上春樹現象」，內涵有三：其一，村上春樹自登文壇以來，迄今的作品部部暢銷，且每部作品長銷不衰；其二，村上春樹的讀者、崇拜者大都緊緊追隨村上春樹的創作，從處女作《聽風的歌》一直尾隨至村上春樹最新長篇小說《發條鳥年代記》第三部《刺鳥人篇》、最新短篇小說集《萊辛頓的靈魂》和最新對談集《村上春樹拜謁河合隼雄》；其三，村上春樹的讀者與崇拜者絕大多數為二三十歲的青年人，其

中三十歲左右的女性占據著相當的比例。[11]

　　台灣的文學觀察者盧郁佳對於這個現象，在〈天真的藝術：村上春樹現象〉一文中也有類似的看法：「村上春樹會流行，或說村上春樹的文體會產生，都是這個世界變年輕以後的事。他的故事和文體有許多人的痕跡，但不論是形式或意象上被他因襲的作家、導演，都不曾像他這麼受歡迎。在這點上他的確是位成功的百貨公司採購者（替百貨公司選擇陳售哪些品牌、並訂購該品牌哪些商品的人員）。村上春樹百貨，時髦、高級的象徵。廣告播音員在每個人心底用抑揚頓挫的聲調說著。以偶像態度擁戴一位作家，是件年輕的事，學習能力也是。」[12]當這些早已出現過的元素經過村上的組織再造，自有一股不一樣的風味在社會上醞釀和被傳用，因而評論者認為他所帶動的風潮肯定是存在的。

　　總之，綜觀「出版界」和「閱讀圈」正有一股「村上春樹熱」在發酵著。所以曾經有人說過：「村上春樹熱是一時發燒的現象，並且是一下子突然燒起來的，像某次濾過性病毒的大幅傳染，打一個噴嚏，全世界有三分之一的人口都感冒了。」[13]

　　然而這些顯而易見的「現象論」，都從村上的作品之於大眾的影響談起，這樣的說法只是一種結果

論，至於其原因究竟是什麼，常常是疏而不論；其實
他能夠引起廣而深的影響，必有其內在深層的部分；
這深層的緣由可以讓讀者從中感受了什麼，才使得人
們紛紛起而仿效。按本書第二章至第五章的論述，可
以觀察到在他的小說世界中，不論是意象的選取、人
物的設定、情節的構造和主題的表達，都易於使人在
閱讀之際輕易地將之歸為所謂「村上式」的。其主要
的原因來自於他總是在這些元素中反覆構造，使得屬
於村上風味的典型性被塑造出來，即他建造了一座文
學迷宮，好讓讀者在他的指引下，循線拼湊出往出口
的路線。

　　有鑑於此，本文從上述歸納所得的經典性元素，
來進一步探究「村上春樹現象」的內涵。首先，就
「意象」而言，村上在既視感的運用下，可以找到數
個貫穿各部小說的共通意象，其中包括自構的部分，
分別是：作為意識入口的「井」、化約為意識內容的
「夢」和讓意識找到安置場所的「世外桃源」。在這
樣的連貫作用下，不僅豐富了作品中的想像力，也為
讀者創造一個夢想的空間，使得村上迷擁有共同的標
的，即在建構安身立命的世界時，讓他們有著共同的
素材可尋，因而覺得不孤單；而關於意象這部分，還
有一大類是借助於「既成文本」，村上從古典的作
家、作品及音樂曲調中汲取他們所留存的固有意涵，

來填充作品的寓意,在此間讀者也許瞭解這些既成文本,可以和那些文本的意義互相輝映,產生更豐富的寓意,也許讀者對於這些文本的意涵不甚瞭解,然這也無妨,因為他們會漸次習慣,村上讓這些書名、作家名、樂曲名充斥在書中的各個角落,以至於別有一種更具層次的風味。

第二,便是關於「人物」的部分。透過第三章第一節的論述可以清楚瞭解,這些人物在小說中的相關類型和功能是:作為自我的「我」、作為「我」的另一個層面的男性角色們、為塑造衝突和造就高潮的女性角色,和聯繫內外心靈的靈媒角色等。這些具有典型性的人物不斷在各部小說中上場,其間一面傳達心靈更深層的那一部分,另一面也強化了各種典型性角色的形象。也正因為如此,所以讓這些讀者們輕易地辨別出何為「村上式」的人物,甚至進一步同這些孤獨、疏離、異化的角色一起呼吸,然後從中也找到一個可以令他們自我反思的獨立空間,一個和這些人物相互對話的空間。

第三,則與「情節」有關。在他有意的創造下,我們可以尋獲經典橋段,從經典橋段上出發,然後按著其中的發展順序,又可以進一步得到情節的模式,透過這樣的模式,讀者從中感受到相似的「失落」,失落之餘更是一連串的尋找。另外,將這樣一而再再

而三的步驟擺放在特有的時空中，所凸顯的並不是找
尋的結果，而是整個過程，從過程中體現了人相關的
命運概況，於此有的是荒謬和不確定感。而這些設計
和過程就貫串在他特有的筆法上——第一人稱和二元
同步發展的故事線——一來讓讀者進一步參與了身為
作者的雅癖生活，再則也可以循著相對的故事線拼湊
出一個完整的故事形貌，這就使得讀者的參與度大大
提高，也促使一大批村上迷身陷其中，不可自拔，甚
至認為這就是在閱讀過程中可以和村上個人產生交流
以及充滿趣味之處。

　　最後，便是關於主題意識的部分。關於這部分一
樣有著連成一氣的現象和整體觀。在一九六○、七○
年代的時間和都市固有的空間下，村上不斷凸顯人身
處其間的處境是多麼艱難，因為在歷史的洪流和空間
物質的作用下，人自主的生存空間被無限地壓縮。不
過他同時也提供了解脫之道；最初先帶領讀者們思考
其間的關鍵點，於此便揭示了人真正的困境：與其說
是外在的風潮，倒不如說是人自身內在的問題。故而
在他的引領下逐漸認清了人心脆弱的黑暗面，也唯有
不再活於假象中，才能為它找到安身立命之所在，反
過來開始運用它的力量，確認了活著的真正意義，此
時的滿足、踏實感就足以使內心不被外在歷史或環境
的變化所左右。然而，「思索」是一個自由心證的抽

象過程，所以村上在此使用的策略是，不厭其煩地喃
喃訴說著可以遵循的幾個出口方式。最終這幾個可以
接受現實、往前邁進的具體途徑，使得那些徬徨無助
的生命一一地演練著，就在這不斷演練的過程中，強
化了村上的小說世界，促使「村上現象」於焉成形，
於是「村上熱」也在不斷發燒中。

二、應和後現代情境

　　王向遠曾肯定地指出日本已發展出後現代文學作
品了：

> ……只除了日本社會自身的發展邏輯之外，戰後
> 美國後現代文化的大量輸入和影響，也是日本後
> 現代主義文學形成的必然條件。誠然，後現代主
> 義文學是產生於後工業社會、資訊社會基礎之上
> 的，但文化本身具有傳播性，即使暫時不具備後
> 工業社會條件的國家，也不妨通過輸入和借鑑而
> 出現後現代主義文學，譬如美國一些學者就認為
> 奈及利亞已經出現了後現代主義作家作品……日
> 本無論在內部條件和外部條件上，都具備了後現
> 代主義發育和成長的充分條件。[14]

在這樣的發展下，再對照村上小說中關於人物塑造或

情節背景的構成，都不難感受到一股濃濃的後現代氣味。因為從小說的內容可以發覺，村上在敘事的過程中有明顯使用「遊戲」和「拼貼」的跡象。關於這樣的現象可以由底下的例子得知。

　　首先在《聽風的歌》中，村上將長期閱讀和翻譯美國小說所獲得的語言、筆法帶到這本書中，因此令人感受到類似馮內果（Kurt Vonnegut）和布勞提根（Brautigam）作品中的基調，甚至他在開頭處先用英文來書寫，再翻譯成日文，由於使用英文，所以字彙有限，故他沒有辦法寫長句，只用少數字詞和短句，於是形成了某種特殊的韻律。另外在《尋羊冒險記》一書中，則可以清楚看到他大大玩著錢德勒偵探小說的架構。一開始主角是個孤單住在都市裏的人，然後他應該找尋什麼，而在尋找的過程中，他會捲進各種複雜的情境裏，最後當他終於找到目標時，它應該已經被破壞或消失了。

　　若以整體的小說作為觀察對象，則可以看到因為村上喜歡音樂，而將爵士樂的韻律帶進作品中，於是形成一種滲入音符的獨特風格和韻律，關於此點，村上本人是這麼說的：

　　　我的風格總歸來說就是這樣：首先，我只在句子
　　　裏放進真正必要的意義，絕不多放；其次，文句

必須具有韻律。這是我從音樂，尤其是爵士樂學
來的。在爵士樂裏，能容許即興演奏的節奏才是
最好的韻律，這全靠基本功夫。要維持這種韻
律，必須刪除多餘的重量，這不是說要變成毫無
重量，而只是除去非絕對必要的重量。你得把贅
肉切除。[15]

另外，《看見‧村上春樹》一書說明了有著多元的進
路可以進入村上的世界，即從中感受著村上小說中充
滿拼貼的各種要素；此書乃藉由料理、音樂、戀愛、
友人、酒、旅行等二十個關鍵詞，由不同主題和角度
切入他的小說中，以便解析出村上春樹如何創作出各
種有趣及受歡迎的作品。

在這些文字遊戲和拼貼素材的作用下，各類角色以
扁平的形象站在都市的舞台上，演練一種平面化、符
號化、無性格化和非理性的樣貌，這些無一不是屬於
後現代社會下的風景。

在呼應後現代社會的景況下，村上小說指向人心
自我解剖和探討，進一步涉及了人類文明發展到了物
質、科技充斥在日常生活中，使得社會主體的人的心
理結構、知識結構等產生了連鎖性變化，使得一些思
想家開始認真思索「主體的衰落」和人的「尊嚴」的
失落；另外也從卡繆（Camus）和沙特（Sartre）等存

在主義者那兒汲取了虛無主義的觀點，從而認知了人
類生存狀況的隨機性、不確定性和不可捉摸性，看穿
了人的孤獨是一個基本命題。

　　縱然所謂後現代消解了中心而趨向多元，因為它
是「一些背景不同、來路各異、經常互相衝突的因素
的混合。它挪用、竄改和超越了西方現代哲學中的反
形上學的傳統、懷疑論和不可知論、反基礎主義、反
本質主義、結構主義、浪漫主義、現象學、精神分析
學、接受美學、虛無主義、通俗主義（大眾主義）、
存在主義、詮釋學、西方馬克思主義、社會批判理論
和無政府主義的某些因素」[16]，從而將所有這一切重新
剪裁、組合、拼湊、交叉、重疊起來，但是對於後現
代中的文明狀況，他們有的是共通的思考範疇。

　　在他們的思考中，對於生命的諸多問題，由於沒
有獲得共識，卻陷入更多的悖論和混亂中；他們便一
起克服這些悖論、消除混亂，以為建立一種新的生命
哲學找到可靠的根據。於是，關於欲望、孤獨、非理
性、愛欲等話題，便自然進入討論的範圍之中；在一
陣討論之後，得到了以下的一些面向：「生存的悖
論」、「與孤獨同行」、「欲望的輪迴」、「心靈的
透視」、「理性的他者」、「愛欲的解放」、「微妙
的革命」等[17]。

　　其中關於「生存的悖論」、「與孤獨同行」和

「心靈的透視」的議論，可以在村上的小說文字中看到。在結合前兩者的議題時，逐漸瞭解到無論是主張「生」或是「死」為一切生命的開端，都無法使人得到滿意的答覆，因為秉持這兩端的其中之一，僅揭示了生命問題的悖論性，因此不再將生與死當成對立的兩極，而是既拋棄了生存的欲望，也拋棄了死亡的欲望，使人回歸到一種原本的狀態，然後用「孤獨」這個詞來表示原本的狀態是最恰當的。因為生命總是處於一種喜新厭舊的準備狀態之中，所以孤獨與生命並存。

相同的，在村上的小說中也有特殊的生死觀和對於孤獨的重視和詮釋。以「生死觀」而言，村上在《挪威的森林》中便透過敘事者的口傳達了：死、生非對立的兩極，而且死就包含在生之中。於此「死亡」成為他思考的另一個起點，而非絕望的終程。例如在〈紐約炭礦的悲劇〉中，他藉由討論日常生活中不斷處在死亡邊緣的故事，來傳遞死乃生的契機。小說一開始描述有位男子每當暴風雨肆虐時，就急著要趕到動物園。接著我們知道，敘事者每次要參加葬禮時，就會向他借全套西裝，而當時葬禮恰巧十分頻繁。由於在其中特別凸顯動物，再加上故事來自與動物生命福禍相依的感覺，於是死亡的出現不再像是一種威脅，反倒像是和神秘扣連在一起，是生命之河的

另一面。

至於「孤獨」就更不待言詮了，那些踽踽獨行的
敘事者們，在整個「迷失－尋找」的過程中，他們並
不呼朋引伴或大聲疾呼，而是獨自以一種寧靜致遠的
力量，或蹲坐在井裏，或在街上觀察行人，等待著契
機的到來。

除了上述這些思考範疇以外，村上以扁平人物爲
其敘事的主角，以及在小說中不斷地使用相同的要素
和結構，這已經打破對於一位大文豪的要求了，藝術
應該更著重在創造和變化才是；甚至他的讀者群就這
麼安於他的小說世界中，不再進一步要求他的偶像給
予他們更多元的角色和情節。這一切似乎已經泯滅了
純文學和通俗文學之間的界線了。另外，村上的小說
風行在閱讀圈以及發行量之大的情形頗有後現代的意
味，因爲他這樣的文學表現已經沒有正典那樣的深
厚，只見著這樣的淺薄卻也真實帶動著流行，因爲在
後現代中，消費形態已逐漸和文化工業合流，所以在
刻意包裝和行銷的策略下，村上之名在最初的作品中
露出曙光時，便順勢滲透到讀者的生活中，當生活和
閱讀結合時，讀者演練著書中的角色和生活形態，於
是「村上春樹現象」便內化下來，以至於久久未能消
退。

第三節 《黑夜之後》補述

　　正當本書即將付梓之際，所謂村上出道二十五週年最新代表作——《黑夜之後》問世了。一時無法將《黑夜之後》併入探討，著實有些遺憾，故試著轉換另一種方式來彌補其中的不足，乃將前文和《黑夜之後》擺放在一起做對照，以爲全書的結尾，對照之餘，相信關於村上的變和不變應該有個更清晰的輪廓。

　　先談談「變」的部分。在《黑夜之後》的序文中寫到：「繼《聽風的歌》之後，村上春樹出道二十五週年最新代表作，《黑夜之後》，標示著村上邁向新的小說世界的一大步……村上以嶄新的敘事風格，創造出看似無事卻帶有急迫感的情節，帶領讀者凝視黑夜的深淵，完成難以言說的小說新體驗。」

　　此外，看了幾則報導和評論之後，發覺它們大部分的焦點都擺放在敘事觀點的轉變，於此感以爲村上挑戰了自我的風格。首次以「複數」人稱的方式來述說故事 [18]，正如同書後的介紹所言：「邁向新的小說的第一步」、「嶄新的敘事風格」等。村上在使用第一人稱爲敘事觀點二十五年之後，第一次使用第三人

稱的方式呈現，的確足以抓住眾人的目光，一則掃除
了村上是否不會書寫第一人稱以外的視角的疑慮，再
則確定這就是他出道二十五年意氣風發的一個大轉
變。

　　然而事實上，村上本人卻不這麼認為，他秉持著
自己一貫的創作觀，這一回還是跟平時一樣，自然地
寫作，並沒有預設太多的立場和意識，即小說仍有其
自然的發展。而人稱的改變純粹只是想嘗試各種不同
角度、觀點和方向而已。因此出版社大舉其改弦易轍
的旗幟，是有些過火了，基本上對於村上而言並非什
麼強烈刻意的作法，而是緩緩朝向另一種寫作策略而
已。

　　至於「不變」的部分呢？從《黑夜之後》一書
中，其實可以輕易地看出在村上春樹的文學迷宮中專
有的元素。以下就羅列幾點顯著的要項。首先是書名
和音樂。書名一樣是來自於音樂的曲調，即 *Blues-ette*
的爵士唱片 A 面第一首 "Five Spot After Dark"，這首
曲調哀愁而兼富溫柔、溫暖的曲子已先含括了全書的
氛圍，因此書中的角色個個有著難解的心理問題，但
都極力地朝向光明的一方走去；其次，就正文中所提
及村上的小說世界，裏面是充滿音樂的，在這本書中
其實也不例外，當場景一幕一幕在轉換的同時，一首
又一首的爵士樂、古典音樂也隨之響起。

　　第二便是「雙線交錯的敘事手法」，這小說中同時存在著以瑪麗為主的「現實世界」以及瑪麗的姊姊（惠麗）所存在的「沉睡夢境」。這兩條故事線交錯並行，然後再以人物和細碎的事物將之融合和重疊起來[19]。

　　第三則是「重複使用的素材」，這包括了揭櫫「世外桃源」對人的慰安以及「夢和沉睡」的意涵。就前者言，在此書中的阿爾發城（賓館名）對於瑪麗的象徵意義，就如同在《海邊的卡夫卡》一書中甲村圖書館之於田村卡夫卡一樣：

> 瑪麗在那樣奇怪的房間〔阿爾發城賓館的房間〕裏獨自待著，反而有一種像被保護的感覺。她發現自己的心情已經好久沒有那樣安穩了。她讓自己的身體深深沉進椅子裏，閉上眼睛。然後就那樣睡著了。雖然短暫卻很深沉地熟睡。這正是她長久以來所希求的。[20]

就後者而言，相較於現實的世界，村上就直接以惠麗的沉睡來對應之，而沉睡之中她並非靜止不動，反而試著對抗，以便找尋一片生機，這樣的力量當然是來自於意識的，而這幽微的意識則視之為潛意識的一部分。

　　第四便將焦點放在「人物塑造」上。在書中一樣

可以看到關於獨生子的孤寂、喜歡音樂和閱讀的角色
等描述。而其中最能成為村上小說中具有代表性人物
者，則在於「重疊性人物」和「絕對孤獨、疏離的形
象意義」。關於重疊性人物這個層面，分別出現在
「瑪麗之於惠麗」、「高橋之於白川」。村上依照慣
例，明確指稱分屬兩個世界的角色最後終將合流，他
透過瑪麗的自白和行動說明了一切：

> 她〔瑪麗〕彎下身，短促地吻一下惠麗的嘴唇。
> 抬起頭，再度俯視姊姊的臉。在心裏讓時間經
> 過。再一次親吻。這次更久、更溫柔。好像在跟
> 自己親吻似的，瑪麗這樣感受。瑪麗與惠麗一字
> 之差。她微笑著。然後在姊姊身旁，像鬆了一口
> 氣似地弓起身體躺下。儘量和姊姊貼緊，讓身體
> 的溫暖互相傳遞。生命的記號互相交換。[21]

而高橋則是站穩在現實世界中，以演奏和法律的救贖
方式，來對應白川在黑暗世界中所行使的暴力[22]。當
村上第一次使用第三人稱的方式來推展情節時，他認
為可以使得小說有不同的角度、觀點和方向，促使更
多的人物一一現身，然而我們從文本中卻也觀察到，
真正出現具有關鍵影響力的三人對話是不多見的，在
現實世界中大都以瑪麗為中心，展開她和多人之間關
於受傷的內心的對談，包括了高橋、中國妓女、薰、

蟋蟀等。可見人與人之間的關係和互動還是相當單純
的，而且從這一段段的對談中可以見著，每個人獨自
懷抱著自己幽暗的內心和問題在生活的泥淖裏掙扎
著。他們沒有所謂的朋友或擁有其他的支援系統。於
是這些絕對孤獨的人和他們自己的故事，便拼湊成了
這一夜的時光。

　　最後便是與「主題」相關的議題。村上有趣的地
方，就是到目前為止無論文本的時間做如何的推進，
他仍然不忘將「一九六〇年代」擺放於其中和讀者玩
捉迷藏：

> 「因為《阿爾發城》（Alphaville），是我最喜歡
> 的電影之一。尚－盧・高達（Jean-Luc Godard）
> 導演的。」「這個，倒沒聽過。」「很久以前的
> 法國電影。一九六〇年代的。」[23]

> 「沒錯。父親因為詐欺罪被逮捕，判了兩年刑。
> 好像弄了老鼠會，或是搞了類似的把戲。詐欺金
> 額也相當高，而且他年輕時候曾經參加學生運動
> 組織，當時有過幾次被逮捕的前科，所以沒有辦
> 法獲得緩刑。」[24]

因為這個年代對他而言存在著「輕」與「重」的辯證
關係，這是個「愛與和平」和暴力同時存在的年代，

當時將「愛與和平」視為一切事情唯一的正確方式，
這樣的標竿就成為對抗、鬥爭的根據。只是最後歷史
的進展證明了日本背負了暴力走向被摧毀的宿命 25。
村上總是將小說的著重點擺在「惡」和「暴力」的一
面 26，從中揭示著迷失的必然性，而在迷失之後並不
絕望，反而是努力地在找尋的路途上不斷地前進，以
為生命的一道出口。

　　除了就文本來看待村上的不變之外，從他在日本
受矚目的紀錄 27，或是《黑夜之後》一書在台灣首賣
熱絡的情形 28，恰恰都可以印證本書在前面的結論中
所言：「村上熱持續發燒」。

　　雖然當《黑夜之後》發表之後，書迷們欣見村上
春樹的轉變，因為這正可使他邁向一流作家之路，然
而在此將村上的變與不變擺放在一起時，不難察覺，
要真正稱得上風格的一大轉變，村上還有好長的路要
走，畢竟習慣之於一個人的束縛力還是很強的，不過
倒可以期待他朝著轉變之路不斷前進。

註　釋

1　孫樹林，〈論「村上春樹」現象〉，《外國文學》，第 5 期（1998 年 5 月），頁 24。

2　此段話原載於《文學界》，1991 年 4 月臨時增刊號。於此則轉載自林少華，〈村上春樹作品的藝術魅力〉，網址：www.easy-boarding.com。2004.4.15 瀏覽。

3　同前註。

4　朱亞力的〈站在朦朧誘惑邊緣〉一文說：「……許多分析村上作品的專家、學者或作家都提到作品中的都市性、冷漠、美式風格的氣氛、知性但很口語的言詞等分析，他獨特的個人式語言的確是他的文字魅力之一。」紀大偉的〈因為村上春樹，所以瑞蒙卡佛〉也說：「相較於阿特曼——以及村上——的花俏聰明，卡佛風格可說是簡單純樸的。村上想像力豐富的語言和卡佛相比，就像是花腔女高音遇上民歌清唱。村上的絢麗或許是吸引此地年輕讀者的特色之一，而卡佛的平凡恐怕會讓胃口養大的村上迷覺得清淡無味。」見網址：www.geocities.com。2004.4.15 瀏覽。

5　例如底下這樣格言式的對話：「那是因為你只以你的一半活著啊。」她坦率地說。「剩下的一半你碰都沒碰，不曉得還留在什麼地方。」或者：「其實，你的人生並不無聊，是你自己要追求無聊的人生吧！」

6　盧郁佳即言，「是的，當代的童話繼承者，既不是迪士尼卡通，也不是公主救王子的新編故事，而是村上春樹。他也是上述大師不名譽的秘密俱樂部的一員。正是在《尋羊冒險記》、《舞、舞、舞》、《圖書館奇遇》等故事中，他重演了『有一天少年告訴爸爸，他要出門去闖天下，結果在路上遇到了三個強盜……』的典型啟蒙緣遇情節，即使寫實故事也以童話的邏輯進展，文字上也有安徒生（Andersen）、王爾德（Wilde）的華麗美和道德感。」盧毓佳，〈天真的藝術：村上春樹現象〉，網址：

www.geocities.com，2004.2.14瀏覽。

7 村上春樹著，李友中譯，〈燒掉柴房〉，收錄在《螢火蟲》，台北：時報，1999，頁54-55。

8 村上春樹著，張致斌譯，〈羅馬帝國的瓦解‧1881年群起反抗的印地安人‧希特勒入侵波蘭以及強風世界〉，收錄在《麵包店再襲擊》，台北：時報，1991，頁139。

9 村上春樹著，李友中譯，〈三個關於德國的幻想〉，收錄在《螢火蟲》，頁141-142。

10 中野牧，〈「村上春樹現象」何以發生？〉，網址：www.easy-boarding.com。2003.5.20瀏覽

11 孫樹林，〈論「村上春樹」現象〉，前揭書，頁21-27。

12 盧郁佳，〈天真的藝術：村上春樹現象〉，網址：www.geocities.com。2004.2.14瀏覽。

13 請參閱鄭栗兒主編，《遇見100％的村上春樹》之序文，台北：時報，1998，頁6。

14 王向遠，〈日本後現代主義文學與村上春樹〉，《北京師範大學學報》，第5期（1994年5月），頁69。

15 傑‧魯賓著，周月英譯，《聽見100％的村上春樹》，台北：時報，2004，頁12。

16 張國清，《後現代情境》，台北：揚智，2000，頁28。

17 同上註，頁96-127。

18 以複數人稱說故事，以這個作者、說故事者以及讀者三者共有的人稱。

19 就人物而言當屬白川最具意象，因為他來去穿梭在兩個世界之中，然後將暴力傾向橫行在其中。至於細碎的事物則非標示"veritech"的鉛筆莫屬。

20 見村上春樹著，賴明珠譯，《黑夜之後》，台北：時報，2005，頁194。

21 同前註，頁223。

22 不管是對沉睡中的惠麗或是對中國妓女所做的舉措均是。

23 見村上春樹著，賴明珠譯，《黑夜之後》，頁67。

24 同前註，頁163。

25 對於一九六〇年代這樣的看法是村上與河合隼雄對談時說到的。可以參閱村上春樹、河合隼雄著,賴明珠譯,《村上春樹去見河合隼雄》,台北:時報,2004,頁132。

26 所以像《發條鳥年代記》中的綿谷昇和《黑夜之後》中的白川這樣的暴力之流便應運而生。

27 村上春樹在二〇〇四年再度蟬聯日本《達文西》雜誌年度票選最受歡迎的男作家。

28 《黑夜之後》自二〇〇五年一月十日起在時報悅讀網、博客來、金石堂、誠品各大網路書店預購,已經超過六千位書迷訂書,而午夜首賣現場聚集了許多人先睹為快,有學生、上班族、情侶檔,還有五十幾歲的老婦人結伴排隊購買。

參考書目

一、村上春樹著作

村上春樹著，賴明珠譯（1988），《聽風的歌》，台北：時報文化。

村上春樹著，賴明珠譯（1988），《國境之南、太陽之西》，台北：時報文化。

村上春樹、和田誠著，賴明珠譯（1988），《爵士群像》，台北：時報文化。

村上春樹著，葉蕙譯（1990），《挪威的森林》，香港：博益。

村上春樹著，賴明珠譯（1991），《迴轉木馬的終端》，台北：時報文化。

村上春樹著，賴明珠譯（1992），《遇見 100％的女孩》，台北：時報文化。

村上春樹著，林少華譯（1992），《挪威的森林》，台北：可筑書房。

村上春樹著，賴明珠譯（1994），《世界末日與冷酷異

境》，台北：時報文化。

村上春樹著，賴明珠譯（1995），《發條鳥年代記第一
　　部》，台北：時報文化。

村上春樹著，賴明珠譯（1995），《發條鳥年代記第二
　　部》，台北：時報文化。

村上春樹著，賴明珠譯（1995），《1973 年的彈珠玩
　　具》，台北：時報文化。

村上春樹著，賴明珠譯（1995），《尋羊冒險記》，台北：
　　時報文化。

村上春樹著，安西水完圖，賴明珠譯（1996），《夜之蜘蛛
　　猴》，台北：時報文化。

村上春樹著，賴明珠譯（1997），《挪威的森林》，台北：
　　時報文化。

村上春樹著，賴明珠譯（1997），《舞・舞・舞》（上・
　　下），台北：時報文化。

村上春樹著，賴明珠譯（1997），《發條鳥年代記第三
　　部》，台北：時報文化。

村上春樹著，賴明珠譯（1998），《萊辛頓的幽靈》，台
　　北：時報文化。

村上春樹著，賴明珠譯（1998），《開往中國的慢船》，台
　　北：時報文化。

村上春樹著，賴明珠譯（1999），《人造衛星情人》，台
　　北：時報文化。

村上春樹著，李友中譯（1999），《螢火蟲》，台北：時報
　　文化。

村上春樹著，張致斌譯（1999），《麵包店再襲擊》，台

北：時報文化。

村上春樹著，賴明珠譯（1999），《邊境‧近境》，台北：
時報文化。

村上春樹著，賴明珠譯（1999），《地下鐵》，台北：時報
文化。

村上春樹著，張致斌譯（2000），《電視人》，台北：時報
文化。

村上春樹著，賴明珠譯（2000），《神的孩子都在跳舞》，
台北：時報文化。

村上春樹著，安西水丸圖，張致斌譯（2000），《象工廠的
Happy End》，台北：時報文化。

村上春樹著，賴明珠譯（2001），《約束的場所》，台北：
時報文化。

村上春樹著，賴明珠譯（2003），《海邊的卡夫卡》（上、
下），台北：時報文化。

村上春樹、和田誠著，賴明珠譯（2003），《爵士群像
2》，台北：時報文化，。

村上春樹、河合隼雄著，賴明珠譯（2004），《村上春樹去
見河合隼雄》，台北：時報文化。

村上春樹著，賴明珠譯（2005），《黑夜之後》，台北：時
報文化。

二、專著

小西慶太著，陳迪中、黃文貞譯（1996），《村上春樹的音
樂圖鑑》，台北，知書房。

王溢嘉（1994），《精神分析與文學》，台北：野鵝。

王安憶（1997），《心靈世界》，上海：復旦大學。

任世雍（1981），《小說理論及技巧》，台北：書林。

佛斯特（E. M. Forster）著，李文彬譯（2002），《小說面面觀——現代小說寫作的藝術》，台北：志文。

吉田裕著，劉建平譯（2000），《日本人的戰爭觀——歷史與現實的糾葛》，北京：華新。

沈謙（1991），《修辭學》，台北：空中大學。

李維史陀（Claude Levi-Strauss）著，陸曉禾、黃錫光等譯（1989），《結構人類學》，北京：文化藝術。

李喬（1996），《小說入門》，台北：大安。

村上世界研究會著、蕭秋梅譯（2000），《村上春樹的黃色辭典》，台北：生智。

岑朗天（2001），《後虛無年代——影子、流浪者與村上春樹》，台北：書林。

吳錫德主編（2002），《世界文學——小說裏的「我」》，台北：麥田。

周伯乃（1971），《現代小說論》，台北：三民。

周英雄（1983），《結構主義與中國文學》，台北：東大。

約瑟夫‧洛斯奈著，鄭泰安譯（1994），《精神分析入門》，台北：志文。

俞汝捷（1995），《人心可測——小說人物心理探索》，台北：淑馨。

馬振方（1999），《小說藝術論》，北京：北京大學。

強‧克拉庫爾著，莊安祺譯（1998），《阿拉斯加之死》，台北：天下文化。

泰瑞‧伊格頓（Terry Eagleton）著，王逢振譯（1988），

《當代西方文學理論》（*Literary Theory : An Introduction*），北京：中國社會科學。

泰瑞・伊格頓著，李志成譯（2000），《馬克思》，台北：麥田。

黃慶萱（1975），《修辭學》，台北：三民。

陸稼祥、池太寧主編（1980），《修辭方式例解辭典》，浙江：浙江教育。

陸志平、吳功正（1993），《小說美學》，台北：五南。

深海遙著，賴明珠譯（1998），《探訪村上春樹的世界——東京篇1968-1997》，台北：城邦文化。

張國清（2000），《後現代情境》，台北：揚智。

張堂錡（2003），《現代小說概論》，台北：五南。

費茲傑羅著，喬治高譯（1993），《大亨小傳》，台北：桂冠。

費思棟（Mike Featherstone）著，劉精明譯（2000），《消費文化與後現代主義》，南京，譯林。

葉渭渠（1997），《日本文學思潮史》，北京：經濟日報。

葉渭渠、唐月梅（1998），《二十世紀日本文學史》，青島：青島。

傑・魯賓著，周月英譯（2004），《聽見100％的村上春樹》，台北：時報。

詹明信著，唐小兵譯（2001），《後現代主義與文化理論》，台北：合志文化。

楊昌年（2002），《小說賞析》，台北：志文。

趙鑫珊、錢曉平（1999），《走近日本人的精神構造》，上海：文匯。

廖瑞銘主編（1987），《大不列顛百科全書》第六冊，台北：丹青圖書。

劉世劍（1994），《小說概說》，高雄市：麗文。

劉崇稜（1997），《日本近代文學概說》，台北：三民。

劉中樹主編（1999），《小說敘事藝術》，長沙：吉林大學。

鄭栗兒主編（1998），《遇見 100%的村上春樹》，台北：時報文化。

黎時潮、張清志（2000），《爵士樂的故事》，台北：貓頭鷹出版，城邦文化發行。

簡明版大英百科全書編（1988），《簡明版大英百科全書》第一冊，台北：中華書局。

羅盤（1980），《小說創作論》，台北：東大。

羅伯特・蕭爾斯著，高秋雁譯（1989），《結構主義——批評的理論與實踐》，台北：結構群。

Albert Mordell 著，鄭秋水譯（1987），《心理分析與文學》，台北：遠流。

三、學位論文

李詠青（2001），《村上春樹研究》，輔仁大學日文研究所碩士論文。

黃心寧（2001），《《挪威的森林》中譯本之比較》，輔仁大學翻譯研究所碩士論文。

張明敏（2002），《村上春樹研究——以村上的翻譯與被翻譯為主》，國立高雄第一科技大學應用日語所碩士論文。

四、單篇論文

王向遠（1994），〈日本後現代主義文學與村上春樹〉，
　　《北京師範大學學報》，第 5 期，頁 68-73。

王鍾陵（1997），〈論弗洛伊德精神分析學派的文藝觀〉，
　　《學術月刊》，第 8 期，頁 50-59。

王慶生（2002），〈綠茶般清淡　櫻花般爛漫──論村上春
　　樹小說的語言策略〉，《河南社會科學》，第 10 卷第
　　5 期，頁 117-118。

吳玉芬、周延松（2002），〈詩意、悲憫與救贖──存在主
　　義視界中的村上春樹《青春三部曲》〉，《咸寧師專學
　　報》，第 22 卷第 5 期，頁 66-67。

林少華（1996），〈村上春樹的小說世界及其藝術魅力〉，
　　見《村上春樹叢書》（總序），桂林：灕江。

林少華（1999），〈村上春樹作品的藝術魅力〉，《解放軍
　　外國語學院學報》，第 22 卷第 2 期，頁 87-90。

林少華（2001），〈比較中見特色──村上春樹作品探
　　析〉，《外國文學評論》，第 2 期，頁 30-35。

林磊、朱朝暉（2002），〈論邱華棟與村上春樹作品的藝術
　　特色〉，《韶關學院學報》，第 23 卷，頁 23-31。

邵毓娟（2000），〈跨國文化／商品現形記：從「村上春
　　樹」與「哈日族」談商品戀物與主體救贖〉，《中外文
　　學》，第 29 卷第 7 期，頁 41-65。

彼得‧洛溫伯格著，羅鳳禮譯（2002），〈精神分析學說與
　　後現代主義〉，《史學理論研究》，第 4 期，頁 98-
　　104。

馬軍（2001），〈也談村上春樹的創作〉，《日本學論
　　壇》，第 3 期，頁 14-17。

孫樹林（1998），〈論「村上春樹」現象〉，《外國文
　　學》，第 5 期，頁 21-27。

孫樹林（1998），〈風為何歌──論村上春樹《聽風的歌》
　　的時代觀〉，《外國文學評論》，第 1 期，頁 40-46。

孫樹林（2001），〈井‧水‧道──論村上春樹小說中的老
　　子哲學〉，《日本研究》，第 4 期，頁 85-91。

黃慶萱（1976），〈細品《梁父吟》〉，《中央日報》，
　　1976.10.10，第 10 版。

郭永玉（1997），〈精神分析論夢的三個里程碑〉，《醫學
　　與哲學》，第 18 卷第 3 期，頁 153-155。

陳綱佩（1999），〈村上春樹筆下的《冷酷異境》──談現
　　代人的疏離感〉，《明道文藝》，第 27 卷第 4 期，頁
　　150-160。

許金龍（2001），〈從大江健三郎眼中的村上春樹說開
　　去〉，《外國文學評論》，第 4 期，頁 152-153。

程國安（1997），〈論結構主義與文學結構〉，《河北學
　　刊》，第 6 期，頁 70-92。

趙仁偉、陶歡（2001），〈現實是湊合性而不是絕對性的─
　　─論村上春樹小說中的非現實性因素與現實性主題〉，
　　《外國文學研究》，第 1 期，頁 119-123。

鄧時忠（1997），〈結構主義小說與結構主義〉，《西南民
　　族學院學報》，第 18 卷第 3 期，頁 63-67。

龍文虎（2001），〈被傳統文學批評遺忘的村上春樹〉，
　　《日本研究》，第 3 期，頁 90-93。

詹慶生（2003），〈《西廂記》的結構主義解讀〉，《中國
比較文學》，總第 51 期，頁 91-104。

錢鍾書（1989），〈林紓的翻譯〉，劉靖之主編，《翻譯論
集》，台北：書林。

鐘旭（2001），〈妥協與反叛——論村上春樹小說中人物的
兩難處境〉，《貴州教育學院學報》，第 17 卷，頁 30-
33。

五、電子文獻

川村湊著，趙佳誼譯，〈在挪威的森林甦醒〉，網址：
www.geocities.com。

川本三郎著，賴明珠譯，〈村上春樹的世界〉，網址：
www.geocities.com。

中野牧，〈「村上春樹現象」何以發生？〉，網址：
www.easy-boarding.com。

令狼沖，〈卡夫卡小說的理性和非理性〉，網址：
www.guxiang.com。

李友中，〈蒼涼、疏離、村上 Kitty 貓流行熱〉，網址：
www.geocities.com。

村上春樹著，湯禎兆譯，〈這個十年〉，網址：
www.geocities.com。

村上春樹著，湯禎兆譯，〈村上春樹與美國作家上篇〉，網
址：www.geocities.com。

洪金珠，〈東京專訪村上春樹〉，網址：
www.geocities.com。

黃念然，〈當代西方文論中的互文性理念〉，網址：

www.guxiang.com。

葉桑，〈關於《海邊的卡夫卡》創作秘話〉，網址：
www.geocities.com。

湯禎兆，〈村上年代結局〉，網址：www.geocities.com。

盧郁佳，〈天真的藝術：村上春樹現象〉，網址：
www.geocities.com。

韓良憶，〈村上義大利麵〉，網址：www.geocities.com。

〈The Outsider——The Salon Interview Haruki Murakami〉，
網址：www.geocities.com。

Arthur 編譯，〈村上春樹談《挪威的森林》〉，網址：
www.geocities.com。

KEKE，〈BEATLES 與西方 60 年代〉，網址：
toatoki.myetang.com。

附　錄
村上春樹中譯作品（時報版）和日文版對照表

村上春樹中譯作品（時報版）和日文版對照表

西元紀年	長篇小說	短篇小說	隨筆、其他（不含譯作）
1979	《聽風的歌》（時報 903）		
1980	《1973 年的彈珠玩具》（時報 904）		
1982	《尋羊冒險記》（時報 906）		《夢中見》
1983		《開往中國的慢船》（時報 917）、《遇見 100%的女孩》（時報 905）	《象工廠的 Happy End》（時報 924）
1984		《螢火蟲》（時報 920）	《波之繪、波之話》、《村上朝日堂》
1985	《世界末日與冷酷異境》（時報 901）	《迴轉木馬的終端》（時報 919）	《電影的冒險》、《羊男的聖誕節》（時報 929）
1986		《麵包店再襲擊》（時報 921）	《村上朝日堂的逆轉》、《蘭格漢斯島的午後》（時報 933）
1987	《挪威的森林》（時報 913；時報改版 937、938）		《懷念的一九八〇年代》（時報 931）、《日出國的工場》（時報 928）

（續）村上春樹中譯作品（時報版）和日文版對照表

西元紀年	長篇小說	短篇小說	隨筆、其他（不含譯作）
1988	《舞、舞、舞》（時報 910、911）		
1989			《村上朝日堂嘿呵》、《費茲傑羅的書》
1990		《電視人》（時報 923）	《遠方的鼓聲》（時報 926）、《雨天炎天》（時報 927）
1992	《國境之南、太陽之西》（時報 902）		
1994	《發條鳥年代記－第一部鵲賊篇》（時報 907）、《發條鳥年代記－第二部預言鳥篇》（時報 908）		《終於悲哀的外國語》、《沒有用途的風景》
1995	《發條鳥年代記－第三部刺鳥人篇》（時報 912）	《夜之蜘蛛猴》（時報 909）	
1996		《萊辛頓的幽靈》（時報 914）	《發現捲毛貓的方法》、《村上春樹去見河合隼雄》

（續）村上春樹中譯作品（時報版）和日文版對照表

西元紀年	長篇小說	短篇小說	隨筆、其他（不含譯作）
1997			《村上朝日堂如何被鍛鍊》、《爵士群像》（時報 916）、《地下鐵事件》（時報 915）、《為年輕讀者導讀短篇小說》
1998			《夢之滑雪城市》、《邊境・近境》（時報 918）、《飄飄然》、《約束的場所》（時報 930）
1999	《人造衛星情人》（時報 922）		
2000		《神的孩子都在跳舞》（時報 925）	《爵士群像 2》（時報 936）、《如果我們的語言是威士忌》（時報 939）
2001			《村上收音機》（時報 932）、《雪梨》
2002	《海邊的卡夫卡》（時報 934、935）		
2005	《黑夜之後》（時報 941）		

村上春樹　　當代大師系列 35

著　　者／羅佳琦

出 版 者／生智文化事業股份有限公司

發 行 人／宋宏智

執行編輯／李鳳三

登 記 證／局版北市業字第 677 號

地　　址／台北市新生南路三段 88 號 5 樓之 6

電　　話／(02)2366-0309

傳　　真／(02)2366-0310

E－mail／service@ycrc.com.tw

網　　址／http://www.ycrc.com.tw

郵撥帳號／19735365

戶　　名／葉忠賢

印　　刷／科樂印刷事業股份有限公司

法律顧問／北辰著作權事務所　蕭雄淋律師

初版一刷／2006 年 1 月

定　　價／新台幣 200 元

I S B N／957-818-771-8

總 經 銷／揚智文化事業股份有限公司

地　　址／台北市新生南路三段 88 號 5 樓之 6

電　　話／(02)2366-0309

傳　　真／(02)2366-0310

國家圖書館出版品預行編目資料

村上春樹 ＝Haruki Murakami / 羅佳琦著. --
　　初版. -- 臺北市：生智, 2006 [民 95]
　　　面；　公分. -- (當代大師系列；35)
參考書目：面
ISBN 957-818-771-8（平裝）

1.村上春樹 – 作品評論 2.村上春樹 – 傳記

3.村上春樹 – 學術思想 – 文學

861.57　　　　　　　　　　　　94025786